隠り世あやかし結婚事情
～私の夫は魅惑のたぬたぬ～

瀬戸呼春 Koharu Seto

アルファポリス文庫

https://www.alphapolis.co.jp/

第一話　魅惑のもふもふと気になる匂い

1

（疲れた……）

夜七時過ぎの電車は混んでいる。それに、乗客一人一人の疲労濃度がぐっと高まっているからか、車内の空気もなんとなく重い気がする。

運良く座れた千登世《ちとせ》は、けれど限られたスペースにきゅっと身を縮めている状態に、更に疲労を募《つの》らせていた。だんだん筋肉が強張《こわば》ってきている。

（最近、体力の低下をひしひしと感じる……）

毎日、家と会社を往復するだけで終わってしまう。アクティブな趣味は持ち合わせていないし、健康意識もそう高くないので、ジムもヨガもウォーキングも、運動の類《たぐ》いは何もしていなかった。

休日は身体を休めるために、のんびりしたい派だ。

（でも、そろそろ……）

二十代も半ばを過ぎた今、身体に無理が利かなくなってきていることには気付いている。ここらで一念発起して少し生活意識を変えないと、この先どんどん辛くなるのではないか。

そうは思うけれど、やはり気乗りはしなくて、千登世はそっと息を吐いた。

運動が大切なのは分かる。でも疲れた身体で考えてもやる気が出るわけがない。

それよりも、今必要なのは癒《いや》しだ。

（柔らかくて、もふもふして、あったかいものに包《くる》まりたい）

ついでに言うと、美味《おい》しくてじゅわっと身体に沁《し》みるものも食べたい。

ガタン！　と電車が一つ大きく揺れた。右隣の男性と肩がぶつかって、どちらともなく小さく頭を下げる。

あと三駅と停車駅を数えながら、千登世の心だけはもう自宅に帰り着いていた。

『まもなく――』

目的地に到着するとアナウンスが流れた瞬間、反射で座席から腰が浮く。

『右側の扉が開きます』

ぷしゅーっと空気の抜ける音。車内に外気が入ってくる代わりに、人が沢山外に吐き出されていく。千登世も人の間を縫《ぬ》って、駅のホームに降り立った。

それと同時にカバンの中の微かな振動に気付く。

「ん？」

スマホを取り出すと、新着メッセージが届いていた。

『今日はお鍋やよ、はよ帰っておいで』

文面を見ただけで心が躍る。

あったかくて、じゅわっと沁《し》みるものがお家で待っている。なんたる贅沢《ぜいたく》！

「最近ちょっと冷えてきたもんね、お鍋嬉しい～」

さっきまでずっしりと身体に蓄積していた疲労が、いくらか霧散した。我ながら現金なものだと思いつつも、足取りが軽くなる。

十月半ばの空気は、夜になると日中とは違いひんやりと冷たさを孕《はら》む。

けれどその冷たさも、お鍋のあったかさを引き立てるには丁度いい。

「何鍋だろ」

嬉しくなって、千登世は早足でするりと改札を抜けた。

駅のロータリーを出て、大通りを道なりに歩いて数分。そこから一本内側の道へ入る。狭くなった道幅の左右にはこぢんまりとした雑居ビルやアパートが多く、もう少し進むと、和風の一軒家が多く目につくようになってくる。

そんな並びの中、千登世は更に民家と民家の間の細い道へ入っていった。車が通れる幅はあるけれど、大きなトラックなんかは絶対無理な道幅だ。

その細い道の途中にあるのが、千登世の帰るべき場所である。

石造りの塀に囲まれた純和風の住宅。

「ただいまー」

敷地の外から三歩あれば辿《たど》り着く玄関の鍵を回して、左側の引き戸を引きながら千登世は家の奥へ呼びかけた。

数秒しないうちに、パタパタと板張りの廊下を軽く駆ける音と共に、彼が顔を覗かせる。

垂れ目がちなこともあって、全体的に柔和《にゅうわ》な印象の顔立ち。少しクセのあるふんわりした髪はパッと見は薄茶色だが、襟足《えりあし》や内側の辺りは濃い茶でグラデーションのようになっていた。そして千登世をすっぽり包み込めるほど大きな身体は、現代の装《よそお》いとしては珍しい羽織と着物を纏《まと》っている。

「おかえり、とせちゃん」

帰宅を労《ねぎら》う言葉には、西の方の訛《なま》りがあった。本人の気質・性格が滲《にじ》み出ていてそう感じるのかもしれないが、千登世は彼の柔らかく親しみのある話し方がとりわけ好きだ。それから、もう一つ。

〝とせちゃん〟

この呼ばれ方も、千登世はすごく好きだ。千登世のことをそう呼ぶのは彼だけだから、一層特別に思える。

永之丞《えいのじょう》というなかなか古風な名前の彼は、何を隠そう千登世の旦那さんである。しかも籍を入れたのは春のことだから、まだ結婚半年の新婚ほやほやだ。

「お疲れさん。ごはんもう準備できてるよ」

「ありがと。お鍋楽しみ」

「最近寒なってきたから、ええかなって」

在宅仕事の彼は、よほど仕事が詰まっていない限り平日はほぼ食事の準備をしてくれる。こんなありがたいことってないよなぁと感謝の気持ちを抱きながら、千登世はパンプスを脱いで上がり框《かまち》を上がった。

「……とせちゃん、今日は仕事忙しかったん？　顔がちょっと疲れてる」

永之丞が不意に千登世の頬を手の甲で優しくこする。顔を寄せられ、そろそろメイクがヤバい感じになっているかもしれないと千登世は焦った。今日は忙しくて、一度も手直しする暇がなかったのだ。リップは落ちにくいものを使っているけれど、さすがにもうほとんど取れているだろう。

「ええ～、そう？　今夜はお鍋って聞いて、大分回復したんだけどな」

「まだ食べてへんのに、それは気ぃが早いな」

千登世の食いしん坊な発言に小さく笑う永之丞に、メイクが崩れた顔を気にした様子はない。けれど、千登世としては気になって仕方がなかった。

一応、新妻である。できれば旦那さんには常に可愛いと思っていてもらいたいのが女心というもの。いや、既に結構ずぼらなところを見せてしまっている自覚はあったが、それはそれだ。

「お鍋食べたら回復するん?」

訊《き》かれて、千登世は頷いた。

「もちろん。元気と栄養がチャージされますよ」

「……ほんまにそれだけで足りるん?」

けれど永之丞は意味ありげに重ねて確認してくる。

お腹が満たされれば、心もそれに伴《ともな》って満たされるのは間違いない。でも。

(そうだ。柔らかくて、もふもふしてて、あったかいものに包《くる》まりたいって思ってたんだった)

「う～ん、どうかな～」

お鍋は魅力的だけど、実はそれに負けないくらい魅力的なものが他にもあるのだ。

千登世はその魅力的なものを、永之丞と恋仲になり、更にはこうして夫婦になったことで特別に堪能する権利を得たのだった。

「とせちゃん、もふもふしたいんやろ？」

「――したいです」

誘うように言われれば、するりと素直な気持ちが口から零れ出る。

「ははっ、そんじゃまぁ、ごはん前やから軽くだけな。ほら」

彼がそう言ったと思ったら――

「あぁ、もふもふ～！」

千登世の前に、ぼふんと大きな大きなふっかふかの茶色い尻尾《しっぽ》が差し出された。

尻尾《しっぽ》。そう、大きな尻尾《しっぽ》だ。

抱き枕にできるくらい大きなそれは永之丞の背後から唐突に現れて、千登世をめろめろにしてしまう。

「とせちゃんは、ほんま俺の尻尾が好きやなぁ」

「ふふっ」

千登世が満面の笑みを浮かべながら尻尾《しっぽ》から顔を上げると、彼の頭には先ほどまではなかった半月状のけもみみがちょこんとついていた。

尻尾《しっぽ》とお揃いの茶色の愛らしいけもみみ。

よく見るとけもみみはぴくぴく小刻みに動き、尻尾《しっぽ》もゆらゆらと絶えず揺れている。

つまり、どういうことかと言うと。

コスプレでもなければ早着替えでもない。耳も尻尾《しっぽ》も本物なのだ。

千登世が半年前に結婚した彼は、人間ではないのである。

ふかふかの尻尾《しっぽ》と可愛いけもみみを持ち、それを自由自在に出し入れできてしまう彼は――そう、所謂《いわゆる》〝あやかし〟という存在なのであった。


「んっは～、もふもふ、最高、癒《いや》される～」

疲れた心と身体にもふもふは効く。もうてきめんに効く。

千登世は玄関で茶色の尻尾《しっぽ》に顔を突っ込み、その癒《いや》しの触り心地を思う存分堪能した。

「たぬきの尻尾《しっぽ》ってこんなにふかふかだったんだね。丞《じょう》くんに会うまで知らなかったよ……」

ふわふわ、もふもふ、柔らかさも密度も絶妙。しかも永之丞の方からも押し付けてくれるので、こう、適度な反発力がとてもいい。そこらの低反発枕なんて目じゃない。

「うむ、魅惑の触り心地。たぬたぬヒーリング、効果がすごい、最高」

「たぬたぬて……とせちゃんはほんま尻尾《しっぽ》好きやなぁ。自分の尻尾《しっぽ》やのに嫉妬してまいそうやわ」

そうは言うけれど、彼は尻尾《しっぽ》を触られるのが嫌いじゃないはずだ。もふもふすると永之丞の耳がそれに合わせて嬉しそうにぴょこぴょこ動くことを、千登世はちゃんと知っている。

「たまにとせちゃん、俺の尻尾《しっぽ》と結婚したんやないんかって疑ってまうわ」

「んー、そうだなぁ、尻尾《しっぽ》のついた丞くんと結婚したんだなぁ」

「それはどっちが主体なん？　尻尾《しっぽ》？　俺？」

「難解な質問をしなさる……」

顔面をもふもふランドにダイブさせたまま呟くと、永之丞の声色が変わった。

「え、そこは丞くん一択やないん？　冗談のつもりやったのにまさかの返し……」

「堪能中は正気を失っているので。尻尾《しっぽ》の魅力にめろめろなので」

「あんま尻尾《しっぽ》ばかりに余所見《よそみ》するんやったら、禁止にしてまうで」

「そんなご無体な！」

なんてやりとりはするけれど、永之丞が癒《いや》しの塊《かたまり》を引っ込めることはなかった。

なんだかんだで、彼は千登世の癒《いや》しを優先してくれる。

「とせちゃん、そろそろ」

どれくらいそうしていただろうか。

永之丞が遠慮がちにそう声をかけてきて、千登世は名残《なごり》惜しさを感じながらも尻尾《しっぽ》から顔を離す。あと二分、いや一分延長させてもらえないだろうかと彼を見上げると、永之丞はちらりと廊下の奥を気にするように振り返った。

「お鍋の具材が全部くたってしまう」

火にかけたままなのだ、とその発言で気付く。

それはいけない、と思った途端、千登世の素直すぎるお腹がくうと鳴き声を上げた。

「っ！」

「くはっ」

永之丞に笑われるが、これは笑われても仕方がないと思う。現金すぎる反応だ。

「ごはんにしよ、手ぇ洗っておいで」

「……うん、そうする」

千登世は恥ずかしさを誤魔化すように、永之丞の脇を抜け洗面所へ駆け込んだ。

「鶏ももとネギと、しらたきも好きやんね？」

「うん」

手洗いうがいを済ませて千登世が居間に行くと、部屋の真ん中に置いた座卓の上には、カセットコンロの上で温かく湯気を放つ鍋が待ち構えていた。部屋中に幸せな匂いが満ちている。味噌と生姜《しょうが》の、優しくも食欲をそそる匂いだ。知らず知らずのうちに、千登世の口腔《こうこう》に唾液が分泌《ぶんぴつ》される。

「はい、とせちゃん」

「ありがと」

渡された器にさっそく鍋の中身をよそいながら、千登世は夫の姿をちらっと盗み見た。

夫がたぬき。いや、たぬきのあやかし。

もちろん、千登世も最初からその事実を受け入れられたわけじゃない。最初に永之丞の正体を知った時は、いや、喋《しゃべ》るたぬきを目にした時は、自分の正気を疑った。

だってあやかしなんて物語の中だけの架空の存在だ。現実に、しかもこんな身近に存在しているわけがない。

けれども、実際にこうして目の前にたゆんと揺れる大きな尻尾《しっぽ》がある。その尻尾《しっぽ》は今はもう千登世の大のお気に入りであるし、すっかり見慣れた存在だ。

しかしこれが、世間一般に〝よく見かける光景〟として認知されていないのも、また事実。

あやかしはスポットライトの当たる存在ではない。少なくとも、人間界においては。だがひそやかに、けれど意外にもあちこちに溶け込んで存在しているらしい。

『お国はちゃんとあやかしの存在を認知してるんよ。だから必要に応じて戸籍も用意されるし、健康保険証もマイナンバーもある』

知り合ってしばらくしてからそう聞いた時には、本当に驚いた。ただ存在を認知されているだけでなく、公的な整備もされているそうだ。なので人間界で働いていると、しっかり税金も徴収されるらしい。けれど一方できちんと納税している分、あやかしが人間社会で生きていくのに必要なサポートも受けられると言う。

『戸籍があるから、とせちゃんともきちんと籍を入れて結婚できたわけやし』

それはその通りだった。彼はすっかり人間の姿にも化けてしまえるから、千登世は何食わぬ顔で家族に永之丞を紹介できたし、ちっとも怪しまれずに済んだ。

種族は違うけれど、お互いを受け入れてしまえば、結婚に対するハードルはほとんどなかったのだ。

永之丞の家族も人間の嫁を迎えることへの反発はなく、むしろ大歓迎といった様子だった。

「とせちゃん、お箸《はし》止まってるけどどうかしたん？」

最初の一口で動きが止まっていた千登世の顔を、永之丞が覗き込んでくる。

「いや、不思議なこともあるもんだなぁと」

「？」

世の中には知らないものや不思議なことが、すぐ隣にしれっと存在していたりするのだ。ひょんなご縁からあやかしの存在を知った千登世の日常は、すっかり様変わりした。

千登世の返答に、永之丞は首を傾げる。

「この鍋、何か変わってるとこあった？」

自分の器に目をやりながら、少し不安げに訊《き》いてきた。

「いや、ごめん、お鍋のことじゃなくて……ん？」

別のことを考えていたのだと説明しようとした千登世だったが、不意にりんりんりんと軽やかな鈴の音が聞こえた気がして、部屋の外へ顔を向けた。

「今、鳴った？」

「鳴った、かな」

澄んだ音色は、実はインターホンの呼び出し音だ。随分変わった音ではあるが、それもそのはず、これは〝あちら側〟からの来訪を告げるものなのである。

「永之丞ー、おらんのー？」

そして、玄関から響くハリのある声には覚えがあった。

「あれ、紫暢《しのぶ》ねぇちゃんや」

声の主は永之丞のイトコである紫暢だ。もちろん、彼女もたぬきのあやかしである。

紫暢と永之丞はイトコ同士ではあるが、その関係は実の姉弟と言ってもいいほどのものらしい。紫暢は、永之丞を筆頭にその下の弟達もひっくるめて随分可愛がっているようだった。

「はいはい、ちょお待って」

永之丞が立ち上がり、千登世もそれに続く。

玄関の引き戸の内側から見て左側、さっき帰宅時に千登世が開けたのとは反対側の戸を、永之丞がスライドさせる。

「あぁ、おったおった。こんな時間にごめんなぁ」

そこには濃紫の着物を身に纏《まと》い、緩くウェーブのかかった長い黒髪を後ろで団子に纏《まと》めた女性が待っていた。

「紫暢ねぇちゃん」

茶色の耳と尻尾《しっぽ》はデフォルト装備で、永之丞より少し小ぶりな尻尾《しっぽ》が、背後でゆらゆら揺れている。

千登世は半ば反射的にその尻尾《しっぽ》を見てから、次に彼女の後ろに広がる景色に目を奪われた。

外の様子は、先ほど千登世が帰宅した時とは打って変わっていた。

狭いアスファルトの路地は舗装された石畳の道に、どこにでもあるような住宅街は忽然と姿を消し、代わりに古式ゆかしい純和風建築がずらりと並んでいる。特に向かいの建物は大きく立派で、門扉や軒先に提灯が灯され、その柔らかい明かりが夜をぼんやりと照らしていた。

目に映る全く違う景色は、本来あやかしが住まう世界。

〝隠《かく》り世《よ》〟

人間界と淡い境界を隔てて存在する、あやかしの世界だ。

千登世の家の玄関の引き戸には、秘密が隠されている。

家の内側から見て右側の引き戸を開くと人の世〝現世《うつしよ》〟へ繋がり、左側の引き戸を開くとあやかしの世〝隠《かく》り世《よ》〟へ繋がるのだ。

いつ見ても幻想的だと、千登世はうっとりと溜め息を吐きそうになる。

あやかしの世の夜は、人の世のそれよりいやに美しい。煌々《こうごう》しいネオンとは違う、もっと柔らかくて深い、寄り添うように闇と調和する提灯《ちょうちん》の明かりが千登世は好きだった。

あやかしの本分は基本夜にあると永之丞は言う。だからきっと、彼らは夜を扱うのが上手いのだろう。

「あ、もしかせんでも晩ごはんの最中やった？」

ごめんなぁと謝る紫暢に軽く首を振り、永之丞は彼女の手元の物に目を向けた。

「いや、まぁそうやけどあんま気にせんでええよ。それよりどないしたん？　えらいもん持っとるやん？」

それは、千登世も戸が引かれた瞬間から気になっていたものだ。

彼女の手には、一升瓶が握られているのである。

緑色のガラス瓶の中を満たすのは、普通に考えたらお酒だろう。

「ふふっ、古瀬《こせ》の狐との勝負に勝って、もろたんよ」

にんまりと口の端を持ち上げ、紫暢が瓶を自慢げに揺らす。

「さすが紫暢ねぇ」

「たぬきの八化けに、そう簡単に勝てるとは思わんといてほしいなぁ」

詳しく話を聞くと、どうやら化かし合いの勝負で狐の一族に勝ったらしい。見たことがないので千登世には化かし合いというのが一体どのように行われるのかさっぱりだが、紫暢が手にする酒はその勝負の戦利品なのだろう。

というか、さらりと流してしまったが、化かし合いってそんなに日常的に行われるものなの？　と千登世は首を傾げる。

隠《かく》り世《よ》では、毎日のようにあちこちでストリートファイトが繰り広げられているのだろうか。千登世が知らない、分からないことが、あやかしの世にはまだまだ山のようにあるようだ。

「そんでね、これ、たっぷり三本もろたから、永之丞のとこにもお裾《すそ》分けしようと思って」

千登世があれこれ想像しているうちに、紫暢はそう言って永之丞に一升瓶を渡した。途端に彼の瞳がきゅるんと輝く。

「ええのん？　だって古瀬って言うたら、これ湧《わ》き酒やない？」

また知らない単語が出てきた。古瀬というのは恐らく狐の一族の名だろうということは分かったが、〝わきざけ〟は初めて聞く単語で想像がつかない。

「わきざけ？」

オウム返しにすれば、疑問に答えてくれたのは紫暢だった。

「あれ、とせちゃんは知らん？　隠《かく》り世《よ》にはねぇ、そう数は多ないけど各地にお酒の湧く泉があるんよ。次から次へと湧いてくる、源泉かけ流し！　みたいな泉がね」

なるほど、湧き水のお酒バージョンがあるらしい。自然とお酒が湧いてくるなんて、夢のような泉だ。お酒好きには堪《たま》らない、とんでもなく人気なスポットになりそうだなと千登世は思う。

でも、こうして二人が嬉しそうにしているということは、きっと誰もが気軽に手に入れられるものではないのだろう。

それを三本もらったとはいえ、まるまる一本差し入れてくれるなんて、紫暢は随分と気前がいい。

「湧き酒はね、もうめっちゃ美味《おい》しいんよ。特に古瀬のは混ざり気のない澄んだ味で、しかもキレが抜群」

「キレが……」

そこまで言われると、普段付き合い程度にしか飲まない千登世も、ぐんと興味を引かれた。

「紫暢ねぇちゃん」

飲むのが楽しみだね、と永之丞に声をかけようとしたら、不機嫌な声が響く。

「〝とせちゃん〟やのうて〝千登世ちゃん〟」

むっすりとした顔の永之丞が紫暢に苦言を呈《てい》した。

「嫌やわぁ。悋気《りんき》起こして、あんまり酷いと鬱陶《うっとう》しがられるんちゃう？」

対する紫暢はケラケラと笑って、永之丞のむっすり顔などお構いなしの様子だ。

「そやけど」

「ふふ、はいはい、分かった分かった。お嫁ちゃんをそう呼んでええんは永之丞だけってね。控えさせてもらいます」

だが永之丞がなおも言い募《つの》ろうとするとスッと引き、鬱陶《うっとう》しくなったらいつでも相談に来てやぁと千登世に言って、紫暢はくるりと踵《きびす》を返した。本当にただ、戦利品のお裾《すそ》分けに来ただけのようだ。

紫の着物の袂《たもと》がひらりと塀の向こうに消える。来る時も唐突ながら、去る時もまたあっという間だった。

千登世の周りにはあまりいなかったタイプだが、いつでも気軽に声をかけてくれる紫暢の存在は、まだあやかしや隠《かく》り世《よ》に対して一歩引いてしまうところのある千登世にはありがたい。

千登世にとって紫暢は、くいっと手を引いて最初の一歩を踏み出させてくれるひと、という印象だった。

「とせちゃん、中入ろ。せっかくやから、このお酒も頂こうか」

永之丞に促《うなが》されて、千登世も家の中に戻る。

戸を閉める前にふと視線を遣《や》ると、向かいの家の軒先の提灯《ちょうちん》が風に小さく揺れていた。その明かりに、丹《に》塗《ぬ》りの欄干《らんかん》が艶《なま》めかしく浮かび上がる。

どこまでも幻想的な光景。

魅惑のもふもふと、穏やかな旦那さんと、まだまだ知らない未知の世界。

千登世の日常は不思議なものに囲まれながらも、実に平和だった。

2

「それにしても狸塚《まみづか》って珍しい苗字よね」

「確かに。すっと読めない。絶対たぬきづかって読んじゃう」

「まぁ、そうですよね」

お昼休み、会社の食堂で同部署の女性陣と昼食を取りながら話題に上《のぼ》ったのは、千登世の苗字についてだった。

「古森《こもり》から結婚の報告もらった時、教えてもらった旦那さんの苗字、全然漢字変換できなかったもんね」

千登世の一つ上の先輩である高瀬友理《たかせゆうり》が、小さく笑いながら言う。

ちなみに古森は千登世の旧姓だ。会社ではビジネスネームとして古森のままで働いているので、狸塚姓を使う機会はあまりなかったりする。

狸塚という苗字は、千登世も初め全く漢字変換できなかった。こういう風に書くんよ、と永之丞に教えてもらった時にはびっくりしたものだ。

だって、あまりにもストレートすぎる。正体を隠す気が全然ないじゃないかと言いたくなった。たぬきです、と名乗っているようなものだ。

「でも、少数だけど他にも狸塚さんって日本にいるんですね。気になっちゃって、あの後色々調べたんですけど」

くるんと毛先を内側に巻いたショートボブの彼女は、千登世と同期の安藤雪《あんどうゆき》。

笑うと八重歯《やえば》が覗いてチャーミングになる。

「難読苗字の人見ると、おぉってなっちゃうよね。私、昔、鬼虎《きとら》さんってクラスメイトいたなぁ」

とは友理の発言。

「きとら？」

「鬼に虎できとら」

「すごい、強そう！」

「そういえば、高校の時の先生が五百旗頭《いおきべ》さんでしたね」

そこにまたまた聞き慣れない苗字を出してきたのは、三つ後輩の紺野美玖《こんのみく》だった。

胸元までの艶《つや》やかな濃茶のストレートヘアーをハーフアップにした彼女は、全身の装《よそお》いと合わせて見ても大和撫子《やまとなでしこ》といった佇《たたず》まいである。彼女はこの中では一番年下だが、そのおしとやかな見た目とは裏腹に物怖《お》じしない性格で、人の懐《ふところ》に入るのがとても上手いと千登世は思っている。

お昼を食べる時は大体この三人と一緒のことが多い。と言っても決まりではなく、その日の気分によって今日は一人がいいとか、外に行きたいとか、それぞれ自由にしているので、実に気楽な関係だ。

「いおきべ」

千登世がひらがなであること丸分かりの発音で繰り返せば、美玖はスマホでささっと変換したものを見せてくれた。

「なるほどー」

そこからはそれぞれの知っている難読苗字ネタで盛り上がり、気が付いた時には昼休みの三分の二以上が過ぎていた。

「そろそろ戻ろっか」

「そうだね」

友理の声かけで四人連れ立って食堂を出るが、途中の階段で千登世は足を止める。

「あ、私、自販機でコーヒー買っていくから、先に戻っててください」

「了解〜」

自分で淹《い》れるコーヒーとは違い、既製品で丁度いい甘さのしっくりくるものを見つけるのはなかなか難しい。そんな中、三階の休憩所の自動販売機にだけある、とあるメーカーの商品は、千登世の好みに上手くマッチした。

なのでこのコーヒーを買うためだけに、千登世はよく三階のフロアを訪れる。

「アイスとホット、両方用意してくれてるのがまた嬉しいんだよね」

硬貨を取り出して、自動販売機の投入口に入れる。

そういえば、今日の晩ごはんはなんだろ。丞くん、駅前のスーパーでキャベツが安いから買ってきてって言ってたけど、それは明日以降だよね、とそんな取り留めもないことを考えながら、ホットのボタンを押そうとした時だった。

「先輩」

「わっ！」

いきなり背後に人の気配を感じて、千登世はその場で小さく飛び上がる。

「あぁ、紺野ちゃん、びっくりした……」

「すみません」

そこにいたのは美玖だった。他の二人と一緒に自部門のフロアに戻ったと思ったが、ここに来たということは、と千登世は素早く自分の缶コーヒーを購入して場所を空《あ》ける。

「大丈夫。紺野ちゃんも飲み物？」

しかし美玖は首を横に振った。

「いえ、私は先輩です」

「……ん？」

切れ長の瞳が、すっと千登世を見つめる。するとどうしてだか、千登世は美玖から目を逸らせなくなる。

「先輩にちょっと、ご相談したいことが」

「……私に？」

言われて、ちょっと千登世は戸惑ってしまった。

改まって〝ご相談〟ときた。

美玖とはそれなりに親しい関係ではあるが、それは会社に限った話で、プライベートでの付き合いは特にない。仕事では時に手助けをすることもあったが、彼女の入社時の教育係はさっきまで一緒だった安藤雪だ。そちらの方が、彼女にとっては相談しやすい相手だろうに。

もちろん、頼られたくないわけではないけれど、人選に少し違和感があった。それに、そもそも自分が上手く相談に乗れるのだろうかという心配もあり、千登世は微かに首を傾げる。

「仕事と関係のない、プライベートのことで申し訳ないんですが」

「う、うん」

プライベートな相談なら場所を改めた方がいいんじゃ、誰かに聞かれたら、と千登世は素早く辺りに視線を巡《めぐ》らせる。幸い近くに自分達以外の人影はなかった。

「実は私」

ずいっと真剣な表情の美玖の顔が近付いてきて、ごくりと無意識に唾を飲み込む。

だが。

「付き合っている人がいまして」

そう告げられた瞬間、千登世は全力で首を左右に振った。

（とんでもなく人選を間違えている‼）

「待って、それ私の専門じゃない！」

何一つためになるアドバイスができそうにない。けれど逃げ腰になった千登世の手を、逃すまいと言わんばかりに美玖は思いもよらぬ素早さと力強さで握ってきた。

「いーえ、先輩にしか頼めないんです！」

「いやいやいやいや、なんで？　そんなことないと思うよ。いや、その、相談に乗りたくないってわけじゃなくて、ただ私、恋愛の経験値めちゃくちゃ低いし、きっとこれっぽっちもためになることは言えな……」

「そんなことないです！」

被せ気味に断言するその確信は、一体どこからくるのか。

なんだろう、どうしてなんだろうと、千登世は必死に自分が選ばれた理由を考える。

思い当たる節があるとしたら、一つだけ。そう、結婚だ。千登世は最近結婚したばかりの身だ。

もしかして相談とは、彼からプロポーズされるにはどうしたらいいかとか、彼からプロポーズされたけど返事に迷ってるとか、いやもう結婚は決めてるけど式場選びとかの参考意見を聞きたいとか、そういうことだろうか。

できることならお力になりたいし、最後のはちょっとくらいなら役に立てるかもしれない。だが、千登世の結婚相手は少々特殊なので、そもそも話せない部分が多いのだ。

あまり参考になるようなことは言えそうにないなと千登世が思っていると、美玖は前のめりの姿勢で力強く言い切った。

「だって、先輩からたぬきの匂いがぷんぷんするんですもん！」

「…………はい？」

「だから、先輩じゃないと駄目なんです！」

千登世は初め、美玖がなんと言ったのか上手く聞き取れなかった。いや、聞き取れなかったことにしたのかもしれない。

だって。まさか。そんなこと。

「えっと、ごめん……今なんて？」

空耳に違いない。でないとおかしい。

ドッと早鐘を打ち始めた心臓を意志の力で必死に抑えながら、千登世は今度こそしっかり耳を傾けた。

美玖の言葉を、一言一句聞き逃さないように。

「だから、先輩からたぬき臭が！」

だからこそ二度目はもう、耳の調子が悪いでは誤魔化せそうになかった。

はっきり、しっかり聞いてしまった。

美玖は確かにたぬきと、しかも匂いがぷんぷんすると言ったのだ！


（うそうそうそうそ、何かの間違い。そんなまさか、あるわけがない）

電車の扉が開いた瞬間、千登世は素早くホームへ降り立つ。足早に改札を抜けて大通りに出た頃には、半ば駆け足になっていた。

混乱と焦りで泣きたいのをなんとか堪《こら》えながら、すっかり日の暮れた住宅街を走る。

あの後、幸いと言うべきか昼休みの終了を告げる放送に全力で乗っかり、とりあえず戻ろう早く戻ろうと美玖を急《せ》かして、千登世は話をうやむやにした。そして、そのまま午後の業務に没頭したのだ。

せっかく頼ってきてくれたのにちゃんと答えもせず、定時になったと同時に逃げるように会社を飛び出してきてしまった。申し訳ないことをしたとは思っている。

でも。

「なんでっ⁉」

どうして美玖は、突然あんなことを言ったのだろう。

千登世の胸中は、不安で今にもはち切れそうな状態だ。

たぬきの匂い。

ピンポイントでそう言われたということは、これはもうバレているとしか思えない。

あやかしのことが。あやかしと関わりのあることが。

「それってどうなっちゃうんだろう」

あやかしは決して現世《うつしよ》でメジャーな存在ではない。しれっと人の世に溶け込んではいるけれど、あやかしですと名乗っているわけではないのだ。

千登世だって、永之丞と出会うまでは、全くこれっぽっちも実在しているとは思わなかった。いたら夢があるよね、くらいのものである。

結婚するとなった時だって、両親には彼の正体を告げなかった。いや、告げられなかった。

両家の顔合わせの時、永之丞を筆頭に狸塚家の面々は綺麗に人間に化け、人間ですよという振る舞いでその場をやり過ごしてくれた。

だって、自分の家族があやかしや隠《かく》り世《よ》の存在を受け入れられるとは思えなかったから。仮に受け入れられたとしても、大きな秘密を一方的に打ち明けられ、それをその先ずっと黙って抱えていくのは負担だろうとも思った。

「あやかしが実在してるって、もし世間に知られたら……」

間違いなく大騒ぎになる。

「メディア、実験、誘拐、オークション」

嫌な想像が次々と浮かんできて千登世の恐怖を掻き立てる。

どうしよう、と困惑するのと同時に、他にもショックなことがあった。

「たぬきの匂いがぷんぷんって……」

美玖に言われた言葉が、別の意味で刺さっていた。

「私ってそんなに匂ってるのかなぁ⁉　獣《けもの》臭い⁉」

千登世は腕を鼻先に近付けてくんくんと嗅いでみたが、自分ではよく分からなかった。

「どうしよう……丞くんからも全然たぬき臭なんて感じないのに……もしかしてもう鼻が麻痺しちゃってるのかなぁ？」

デリケートな問題なので、ショックも大きい。何より、周囲に不快な思いをさせているのかもしれないと考えると、動揺せずにはいられない。

「でも……」

出会った当初から今まで、千登世は永之丞に何か特有の匂いを感じたことなどなかった。まして獣《けもの》臭いなんて思ったことは、ただの一度もない。

「そうだよ。丞くんはいつだってシャンプーとかボディソープのいい匂いだよ。それと着物に焚《た》き込んだお香の匂い。尻尾《しっぽ》だって、毎日お手入れしてるし！」

だから、どう考えてもたぬき臭がぷんぷんしてるなんてことはないはずなのだ。

「なのにどうして……！」

ハイヒールの踵《かかと》が忙《せわ》しなくアスファルトを打つ音が路地に響く。ようやく我が家が視界に入ってきた瞬間、千登世はぐんと一段速度を上げた。そうして勢いよく自宅の引き戸を開き、転がり込むように上がり框《かまち》のその向こうへ突き進む。

「丞くん……！」

この時間なら居間か台所だと思ったのに、そこに求めるひとの姿はなかった。

千登世は落ち着かない気持ちで家の中を見回し、廊下を曲がった先の和室から明かりが漏れているのに気が付く。

「丞くぅぅうん!!」

「おわっ！」

襖《ふすま》を開けると、そこには思った通り永之丞がいた。

千登世はタックルを食らわせる勢いで座っていた彼に抱き着く。

「と、とせちゃん……？」

そのあまりの勢いに一瞬ぐらついた永之丞だったが、驚く彼を余所《よそ》に千登世は抱き止められた胸元に頭を突っ込み、その場ですーはーと深呼吸を繰り返した。

「待って待って、もしかせんでも匂い嗅いでる？」

嗅いでいる。思いっきり嗅いでいる。

嗅覚の全てを総動員して嗅いでいるが、やはりたぬき臭なんてしない。

「とせちゃん、ほんまどうしたん」

「丞くんはちゃんといい匂いだよ……！」

「あ、ありがとう」

着物に焚《た》き染《し》められたお香と、清潔感のあるニュートラルなボディソープの香り。

それ以外は感じない。

「なのに、なんで……」

美玖はたぬきの匂いがするなどと言い出したのだろう。

それに、冷静になって考えてみるとおかしい。

美玖は断言したのだ。初めから、きっぱりとたぬきの匂いだと。

獣《けもの》臭がすると言われるならともかく、それが犬なのか、はたまた猫なのか、瞬時に嗅ぎ分けられるものだろうか。

「たぬき独特の匂いがあるってこと……？」

あるとして、それを嗅ぎ分けられる美玖は一体何者なのだ。

実家が動物園で、幼少期から色んな動物の匂いに触れてたとか？

「とせちゃん」

絶対音感ならぬ、絶対嗅覚を持ち合わせているとか？

「とせちゃん、スキンシップは大歓迎なんやけど、今は、その、ちょっと……」

永之丞が何やらもごもご言っている。

けれど美玖の件で頭がいっぱいの千登世はそれどころではなかった。いや、それ以前に、周りの状況が全く見えていなかったのである。

そっと肩を掴まれ永之丞から引き剥《は》がされて、ようやく千登世の意識が現実に浮上した。

「えっ⁉」

視界の端に、第三者の姿が映る。

「うそ……！」

千登世は一瞬で真っ青になり、そこから一転、じわじわと顔を赤くする。お客様が来ているというのに、とんでもない醜態《しゅうたい》を晒《さら》してしまった。

突然部屋に乱入し、夫の胸元に頭を突っ込んでくんくん匂いを嗅ぐ妻。どう見ても変態である。

あまりの失態に、千登世は今すぐ消えたいと心の底から思った。けれど思ったところで、どろんと姿を消す術《すべ》はないし、やらかしてしまったことの取り返しはつかない。

「ごごご、ごめんなさい、すみません」

しどろもどろになりながら、千登世は永之丞とお客様に交互に頭を下げた。

「お客様がいらっしゃっていたのに気が付かず……本当にすみませんっ……！」

弁解が許されるのなら、決して普段から夫の匂いを嗅いでるわけじゃないんです、故《ゆえ》あってのことで、今日のこれが初めてなんですと言いたかった。だが、それで先ほどのアレがなかったことになるわけではない。

千登世は頭を下げた状態のまま、じりじりと部屋の外へ向かって後退した。

とにもかくにも、非礼を詫びたのならこれ以上は迷惑にならないよう、一刻も早くこの場から退散するべきである。

「んん？」

ところが、お客様が、千登世に向かって唸《うな》り声を上げた。

「！」

驚いて視線を上げると、何故か凝視されていた。

千登世もこの段になって、お客様の姿をきちんと目に映す。

けもみみと尻尾《しっぽ》がある。たぬきのそれとは違うけれど、永之丞のお客様であるということは、彼もあやかしに違いない。

人間が珍しいのだろうかと思っていると、相手の方が更にずずいっと距離を詰めてきた。

珍しがられている可能性を真っ先に考えたが、そうではないのかもしれない。先ほどの奇行が、決定的に相手の気分を害してしまった可能性もある。

そんなことを考えている間に、お客様が千登世のすぐ間近まで迫っていた。

さすがにこれは近すぎないだろうか。

千登世がそう思っていると、次に相手はすんすんと鼻をひくつかせる。

「え」

匂いを嗅がれてる⁉　と千登世がぎょっと身を竦《すく》めると、彼は急に大声を上げた。

「うっはぁ、この匂い‼」

「また⁉」

匂いという単語に、千登世は反射的にそう返してしまう。

自分の匂いを嗅がれて、おまけに〝この匂い〟とまで言われたのである。

嫌でも昼間の出来事を思い出してしまう。

これはもう否定できない。きっと千登世からはたぬきの匂いがぷんぷんしているのだ。お客様の鼻にまで届くほど、ばっちり。

なのにそれを自分では知覚できていないなんて、と千登世は愕然《がくぜん》とする。

しかし、次にお客様の口から飛び出た言葉は予想外のものだった。

「美玖の匂い！」


「ええと、つまり？」

結局部屋から逃げ損ねた千登世は、永之丞の隣でお客様と向かい合っていた。

「こちら、猫又の三ツ毛《みつげ》銀次《ぎんじ》くん」

永之丞の紹介に、銀次がぺこりと頭を下げる。

「なんやのっぴきならない相談事があるとかで、アポもなしにいきなり夕飯前に押しかけて来たどうしようもないヤツやけど、まぁ、悪いヤツでは……ない」

少々棘《とげ》のある紹介だったが、銀次はもう一度頭を下げた。ぴょこんと生えた三角耳が揺れて、千登世は思わずそちらに目を奪われる。

「いや、ホントちょっと気が動転しちゃって、迷惑な時間にすみません。あの、永之丞先輩には昔から世話になってるんです」

「昔から……」

「学校の後輩なんやけど」

「学校って、あやかしの？」

「俺が通ってたんはそやね」

人に紛れて人の学校に通うあやかしもいるそうだが、大抵は隠《かく》り世《よ》にある学校に通うのだと永之丞は説明した。

「そんで、銀次？　人の奥さんの匂いを嗅ぐんはマナー違反やないか？」

千登世は隣に座る永之丞の顔を盗み見る。少し機嫌の傾いた表情を浮かべていた。

「いや、すみません。でも先輩、先輩の奥さんから匂いがしたんですもん！」

銀次のその言葉に千登世の胸はまたもやっとしたが、今度はそれほどでもない。

何故なら、彼は美玖の匂いがすると言ったからだ。

このタイミングで出てくるということは、彼の言う美玖とは千登世の後輩である紺野美玖に違いない。

つまり銀次は、彼女のことを知っているということだ。

とはいえ、自分から美玖の匂いがすると言われても、千登世にはよく分からないのだが。美玖は香水の類《たぐ》いをつけていないし、匂いが移るほどの接触もなかったはずである。

「はいはい、えぇっと、なんやっけ？」

「美玖です」

「そう、その美玖っていう子が、さっきから銀次が騒いでる、破局寸前の恋人さんなんやろ？」

「恋人⁉」

千登世は目を丸くした。だがそういえば美玖の相談事の内容も、恋愛関係だったと思い出す。

「え、え、本当に？　そうなの？　紺野ちゃん、猫又のあやかしさんが彼氏なの？」

しかし破局寸前とは穏やかでない。

「で、その彼女は、とせちゃんの会社の後輩やと」

「すごい偶然だね……」

そう千登世が呟けば、そんなものだと永之丞はさらりと言う。

「縁は、互いに引き寄せられるもんでもあるから」

「いや、でもこんな身近に、人間とあやかしの異種族カップルがいたとは驚きの事実……」

もしかすると千登世が知らないだけで、案外、そこかしこに存在しているのかもしれない。

「とせちゃん、それはちゃうよ」

しかし千登世のその考えは、すぐに二人によって修正された。

「異種族は異種族ですけど、奥さんみたいに人間じゃなくて、美玖は狐のあやかしです」

「えぇっ！」

美玖が人間ではなく、狐のあやかし。

「そんな、え、だってどこからどう見ても」

千登世の目には彼女は人間にしか見えない。違和感を抱いたことだって、今まで一度もなかった。見た目だけではなく、言動も含めての話だ。

でも、美玖があやかしだと言うのなら、たぬきの匂いと言い当てられたことにも説明がつくかもしれない。人間業《わざ》じゃないと思ったが、あやかしならば優れた嗅覚を持っている可能性もある。

それに、と千登世は内心ホッと息を吐いた。マスコミ、実験、誘拐、オークションなんて怖い想像もしてしまったが、美玖も永之丞と同じあやかしならそういった心配はいらないだろう、と。

「で、とせちゃん」

「は、はい」

「とせちゃんはとせちゃんで、何かあったんやろ？」

永之丞がそう訊《き》いてくれたおかげで、ここにきて、先ほどの奇行について弁解の機会が巡《めぐ》ってきた。千登世はこれでちゃんと説明できると、さっそく昼間の出来事について語った。

「自分でも気付かないうちにたぬき臭を放ってたなんて……」

「あぁ、それで帰ってきた途端にあんなことを」

「そうなの。理由あってのことだったの。周りが見えてなかったのは本当に申し訳なかったけど、でも確かめてても丞くんから特別な匂いとかしないと思う……」

念のため、もう一度自分の腕の匂いも確かめてみる。でもやっぱり千登世には、洗剤の匂い以外は何も感じられなかった。

「いや、でもとせちゃん、これは別に実際匂うって話じゃなくて」

「そうですそうです、そんなに落ち込まないでください」

「いえ、でもばっちり言い当てられたのは事実なんで」

二人が慰《なぐさ》めるように口々に言ってくれるが、千登世は力なく首を振ってそれを退ける。

「いやいや、あやかしには鼻のいいヤツは確かに多いですけど、それ以前にもっと直感的な部分で、他者を察知する本能があるんです」

だがなおもフォローするように、銀次が言葉を重ねた。

「……本能？」

「はい。なんて言ったらいいのかな……気配、妖気の残滓《ざんし》みたいなもので、正確には鼻で匂いを嗅ぎ分けてるわけじゃないんです。でもそれを言葉で表現しようとすると、匂いって言い方になっちゃうんですよね」

「そうそう、ほら、この事件は匂うなとか、あぁいう比喩《ひゆ》みたいなもので。いや、それもちょっとちゃうかな……」

「つまり、実際匂ってるわけではない？」

「ないない」

普通の人間には分からないものだし、あやかしにとっても特別不快なものではないと聞いて、ようやく千登世は安心した。

ただし折り合いの悪い種族のものだと別やけど、と永之丞は付け足す。

「ちなみに、たぬきと狐は……」

先日この家を訪れた紫暢が狐との化かし合いの勝負をしたと言っていたことを思い出して、不安になる。

「相手によるな。そもそも系譜も沢山あるし、種族全体がいがみ合ってるわけやないから」

「なるほど……？」

だがこの様子だと、永之丞と美玖の間に深刻な問題はなさそうだった。

結局のところ、自分では分からないながらも千登世は常に永之丞の妖気を纏《まと》っているらしいので、美玖はそれを感じ取って例の発言に至ったのだろう。そして美玖と近距離で話したことで彼女の妖気が千登世に移り、恋人の銀次が察知したというわけである。

「ところで、先輩の正体を伏せてる奥さんに、いきなり美玖がそんなこと言ったってことは、何か……あったんですか？」

「あー……」

なんと答えるべきか。

相談事の中身はもちろん、相談されたということ自体、本人の了承を得ずに他人に、しかも相談事の当事者と思《おぼ》しき相手に話すわけにはいかない。

美玖は付き合っている人がいて、と言ったのだ。相手はまず銀次で間違いないだろう。

「それが、たぬきの匂いって言い当てられたことにすごく動揺しちゃって、咄嗟《とっさ》にその場を誤魔化してきちゃったの。だから詳しいことは何も……」

あながち嘘ではなかった。事実、美玖から具体的な話は何も聞いていない。

「そうですか……」

ぺしょりと銀次の耳が垂れた。背後で揺れていた尻尾《しっぽ》も、力なく畳に落ちる。

永之丞もそうだが、銀次の尻尾《しっぽ》はそれよりずっと感情が出るようだった。ぴん！と伸びたり、忙《せわ》しなく左右に振られたり、さっきから動きが全然止まらない。

三つの色が交ざった細くしなやかな尻尾《しっぽ》は、とても表情豊かだ。

思わずじっと注視していたら、突如ぼふんっと千登世の顔がもふもふに埋め尽くされた。何と問うまでもない。この慣れ親しんだ感触は、永之丞の尻尾《しっぽ》だ。

これでは何も見えないではないか。

だが千登世が抗議の声を上げる前に、いつもよりちょっぴり低い声が鼓膜に届いた。

「とせちゃん、あかんで」

「ひゃにが」

「余所《よそ》の尻尾《しっぽ》に見惚れるんは、浮気やと見なします」

銀次の尻尾《しっぽ》をじっと見ていたのを、見咎《みとが》められたらしい。

「見惚れてないよ、見慣れないからつい目で追っちゃってただけで、もごっ、丞くんの尻尾《しっぽ》がマイベストオブイヤーなので、むふっ」

千登世はふかふかの塊《かたまり》を押しのけながら弁明するが、途中でまた無理矢理尻尾《しっぽ》を押し付けられた。ふわふわゆらゆらしている尻尾《しっぽ》は、実はなかなかの力強さを備えている。

「なんで年間限定？　そこは永世マイベストて言うところやん？」

「あの、破局の危機を迎えてるヤツの前でイチャつくのやめてもらえません……？」

永之丞の拗《す》ねた声に、銀次の物悲しげな声が被った。

「す、すみません……」

イチャついているつもりはなかったけれど、傍《はた》からはそうとしか見えないのだろう。千登世は謝りながら永之丞の尻尾《しっぽ》を無理矢理両腕で抱き込んで、なんとか視界を確保した。

一方で永之丞はしれっとした顔で、小さく溜め息を吐きながら言う。

「とにかく、銀次は本格的にフラれる前に、はよ話し合い。あんまぐずぐずしてると、ホンマに会ってもらえんくなるで」

「いや、だから既に既読スルー……」

どういう事情かは知らないが、銀次と美玖の二人の仲は上手くいっていないらしい。しかし、永之丞はその嘆きをもっと深刻な例えを挙げて一蹴《いっしゅう》した。

「未読スルーとかブロックされたら手遅れやと思い。既読がつくうちが花やん？」

「うぅ……それは確かに」

結局銀次はその後、美玖がオレのことでなんか言ってきたら、どうか間を取り持ってください、お願いしますと、千登世に何度も頼んで狸塚家を後にした。

永之丞と二人でしょんぼりした背中を見送りながら、千登世は大変なことになったと内心頭を抱える。

美玖の相談は、銀次と仲直りしたいというものなのか、それともすっぱり別れたいというものなのか。

後者の場合、銀次とこうして顔見知りになってしまった上、仲を取り持つことを望まれているわけだから、気まずさと難易度が格段に増す。

「どうしたものかなぁ……って、あ、キャベツ!!」

とそこで、本当に唐突に千登世は思い出した。

今日は駅前のスーパーでキャベツを頼まれていたのに、すっかり忘れていたことを。

「丞くん、ごめん……」

「ええよ、ええよ、あんだけ気が動転しとったんやし。キャベツどころやなかったやん」

謝ると、永之丞はそれほど気にした風もなく、ぽんぽんと千登世の頭を優しく撫でた。

けれどお買い得のキャベツと、それで作られただろう永之丞の美味《おい》しいごはんを思うと後悔しかない。お好み焼き、ロールキャベツ、とんかつの付け合わせの千切りキャベツ。色んなメニューが千登世の頭を過《よぎ》っては儚《はかな》く消えていく。

「それよりとせちゃん、俺が銀次と知り合いやったばかりに、板挟みにしてもうたなぁ」
　ぼそりと呟かれた永之丞の言葉もその通りで、千登世はどうしたものかと小さく息を吐いた。

3

『銀次くんのことについて、今日の就業後、都合が大丈夫だったらお茶でもしながら話しましょう』
　翌日、朝一番でそっとデスクに置いておいた二つ折りのメモを、美玖はちゃんと確認してくれたようだった。千登世は朝から打ち合わせで外出し、午後を過ぎてから会社に戻った。その後も美玖と話す機会は一度もなかったのだが、定時を告げるチャイムと共に立ち上がると、同じく美玖もカバンを手に席を立っていた。お互い素早くアイコンタクトを交わしながら、お先に失礼しますと挨拶《あいさつ》もそこそこに会社を出る
「ちょっと歩いたところに、喫茶店があるの。そこでいい？」
「はい」

会社から歩いて十分弱のところある喫茶店は、ひっそりとした立地で落ち着いて話をするには丁度いい。店内にはいつもジャズがかかっていて、客同士の会話があまり気にならないのもいいところだ。

時間帯が良かったのか、扉を開けた先には、ほとんどお客さんがいなかった。秘密にしたい話を始めるには好都合な状況だ。

「いらっしゃいませ、お好きな席へどうぞ」

そう言われたので、奥の席を選んで座る。そして千登世はブレンドコーヒーを、美玖はカフェオレを注文した。

ここに来るまで、二人の間にほとんど会話はなかった。美玖はいきなり銀次の名前を出されてびっくり、あるいは不審に思っていたのかもしれない。

「あの」

ようやく切り出してきた美玖の声は、いやに硬かった。

「まずは先日の件、いきなりすみませんでした。突然たぬきの匂いとか言われたら、普通はびっくりしちゃいますよね。あの後、先輩がすごく狼狽《うろた》えてたから、私も反省して」

美玖が頭を下げる。それと一緒にハーフアップにした茶色の髪が、肩からさらさら流れ落ちた。

「切り出し方を間違えました。先輩、もしかしなくてもそれほどこちらに詳しくないですよね？　そういうことまで、ちゃんと考えられてなくて」

「あ、うん、そうだね。慣れてない、ですね。はい」

千登世があやかしや隠《かく》り世《よ》に関わるようになったのは、ほんのここ一年の話だ。正直なところまだ驚くことの方が多いし、隠《かく》り世《よ》の常識には疎《うと》いのが実情だ。

「よく考えたら、入社当初は先輩からあやかしの気配なんて全然感じてなかったんですよね。でも、結婚前辺りから強く感じるようになって。それってちょっと考えれば、昔からずっとこっちに関わってたわけじゃないって分かるのに」

あやかしとの関わりは、あやかし相手には誤魔化せないんだな、と美玖の発言で改めて教えられる。

「ひとまず確認させて頂きたいんですが、先輩の旦那さんは、あやかしですよね？　たぬきのあやかし」

正面切ってそう確認され、千登世は呼吸を整えてから頷いた。

「そうでございます」

認めるのは、やはり少々勇気が要《い》ることだった。相手は永之丞と同じあやかしとはいえ、知り合いに対して真実を述べたのは初めてのことだったから。

「それでその、昨日は私、詳しい話はしてなかったと思うんですけど……何故先輩がアイツの名前を……？」

美玖としては最初に解決しておきたい疑問だろう。アイツと名前を口に出さないあたり、銀次に対する根深い怒りや拒絶のオーラを感じる。

「あのね、実は昨日家に帰ったら、ウチにお客さんが来てて。それが銀次くんだったの」

千登世が自分のやらかした部分を省《はぶ》きつつ昨夜の説明をすると、美玖は頭を抱えて呻《うめ》いた。

「世間が……狭い……」

千登世にもその気持ちはとても分かる。

永之丞は、〝縁は引き寄せられるもの〟と言っていたが、それにしたってできすぎている。

「もしかして、アイツから何か聞きましたか？」

「うん、恋人と上手くいってないって。でも、私からは紺野ちゃんのことは何も話してないから」

そう伝えると、美玖はホッと息を吐いてありがとうございますと頭を下げた。本当はこれを最初に言うべきだったんですが、と改まった表情で切り出す。

「私は狐のあやかしです」

はっきり言われても、やはりそう簡単には信じられなかった。美玖はどこからどう見ても人間の女性だ。あやかしの姿を見ればさすがに納得もできるだろうが、ここで耳や尻尾《しっぽ》を出してもらうわけにもいかない。

「とはいえ中学から現世《うつしよ》の学校に通っていたので、人生の半分は人間に化けて過ごしているようなものなんですが」

「え、中学から？」

「実は人間社会歴、長いんです」

けれどそう聞いて、千登世も得心した。彼女は単に化けるのが上手いというだけでなく、長く人間社会で暮らしてきた経験があるからこそ、ここまで違和感なく人の世に溶け込めているのだろうと。

「本当に全然気が付かなかった。こんなに身近にあやかしがいたなんて」

「でも先輩、実は現世《うつしよ》で生活するあやかしって、それほど珍しくないんですよ」

美玖がカップの取っ手を摘まむ。その指先には薄ピンクのフレンチネイル。キラッと光る小さなストーンの輝きを千登世はなんとなく目で追う。カフェオレを飲む唇は青みピンクのリップが引かれていて、美玖によく似合っていた。

おしゃれで可愛いイマドキの女の子。けれど、彼女はあの妖《あや》しく美しい夜を持つ隠《かく》り世《よ》の住人でもあるのだ。

「十人に一人、とまでは言いませんが、割と人間の中に紛れているんです。一日のうちに、二、三人はそうだろうなって人とすれ違いますよ」

「え、そんなに？」

そういえば、永之丞も似たようなことを言っていた。けれど、千登世が街を歩いていてその存在に気付いたことは今まで一度もない。ということは、彼らの擬態は相当上手いのだろう。

となると、たとえば駅員さん、会社の警備員さん、上司やいつも通うスーパーの店員さん、そんな身近にいる誰かが、巧妙に姿を隠したあやかしという可能性もあるのかもしれない。

「それで、先輩」

「あ、はい」

「アイツ、具体的にはどういう相談を？」

話が本題に戻る。そうだ、自分は美玖の相談に乗ると決めたのだったと思い出して、千登世は銀次から頼まれたことを彼女に伝えた。

「紺野ちゃんとの仲を取り持ってほしいみたい。連絡が取れないの、大分参ってた」

「ちゃんと既読はつけてやってるんですけどね、出血大サービスのお情けで」

対する美玖の返答はつれない。

既読にするのが出血大サービスとは、相当怒りは深いらしい。既読がつくうちが花やろ、と言った永之丞の言葉が脳裏に蘇《よみがえ》って、確かにそうかもと千登世は胸のうちでこっそり頷いた。

反応してもらえるうちは、微かでもまだ脈がある。

「えぇっと、私、詳しい内容はほとんど聞いてないんだけど、どうして揉め事に？」

初めこそ、恋愛相談なんて難易度が高いと思っていた千登世だが、既に腹は括《くく》っていた。いいアドバイスができる自信はないけれど、双方に関わってしまった以上、もう乗りかかった船だ。やるしかない。

美玖は数瞬躊躇《ためら》う素振りを見せたが、やがていつもよりトーンの低い声で話し始めた。

「別に、激しい言い争いとかそういうのをしたわけじゃないんですよ。私が向こうの発言を許せなくて、怒って、無視してるって感じです」

この様子だと、美玖の怒りは依然冷めていない。許す気はなさそうだ。それが〝今は〟なのか、〝未来永劫《えいごう》に〟なのかは分からないけれども。

美玖の眉間にくっきりと刻まれた深い皺《しわ》を見ていると、銀次は相当な失言をしてしまったのではと推察される。

「ちなみに、その許せなかった発言を聞いても？」

「もちろんです！」

恐る恐る千登世が訊《たず》ねると、ぐっと握った拳《こぶし》を震わせながら美玖は怒りを押し殺した声で言った。

「アイツ、うちの若様を愚弄《ぐろう》したんです……！」


美玖との話し合いを終えて帰宅した千登世は、今夜も永之丞が作ってくれたごはんを堪能した。

ちなみにメニューはふわふわのつくねのキノコのあんかけソースで、食べ終わってしばらく経つというのに、まだ千登世のお腹は幸福感で満たされている。あまりのふわふわ加減に永之丞に秘訣を訊《き》いてみたところ、タネに豆腐を混ぜ込むことがポイントらしい。根菜たっぷりのお味噌汁も、千登世が自分で作るお味噌汁とは味が違って美味《おい》しかった。

「で？　彼女の方はどんな感じやったん？」

ドライヤーの音の合間に永之丞の声が届く。

「うーん、そうだなぁ」

右手に持った櫛《くし》を絶えず毛並みに沿って入れながら、千登世は夕方の出来事を振り返った。

「まぁ、大層気分を害しているようでした。若様？　のことを悪く言われたって」

「あぁ、銀次のヤツも似たようなこと言うとったねぇ」

千登世は今、お風呂上がりの永之丞の尻尾《しっぽ》にドライヤーをかけているところだ。

「丞くん、熱くない？」

「大丈夫やよ」

永之丞の尻尾《しっぽ》は特別手をかけずともふわさらなのだが、千登世はこうしてたまにブラッシングをさせて頂く。

千登世は魅惑の尻尾《しっぽ》を堪能できるし、永之丞は尻尾《しっぽ》のお手入れをしてもらえて、まさにwin-win《ウィンウィン》の関係というやつだ。永之丞曰《いわ》く、尻尾《しっぽ》をブラシで梳《す》かれる感覚はうっとりしてしまうくらい気持ちのいいものらしい。

「あ、それで紺野ちゃんの話なんだけど、若様って、紺野ちゃんの一族にとってはすごく特別な存在なんだってね？」

若様なんて、千登世の日常では馴染みのない単語だ。せいぜいテレビの時代劇の中でしか聞かないような呼び名である。

けれど美玖にとってはそうではないらしい。

曰《いわ》く、彼女の一族にはそれはそれは美麗で能力にも秀でた、一族の次代の長《おさ》となる〝若様〟がいらっしゃるらしい。

他とは一線を画《かく》する特別な存在である若様だが、彼は上も下も分け隔てなく誰にでも気安く話しかけてくれ、時には一族の若者と一緒にちょっとした悪巧みをしたり、バレて一緒に怒られたりと、皆と近しくあってくれる方だと言う。

「そんな若様は、もう一族の皆から大人気なんだって」

美玖から聞いた限り、絵に描いたような完璧超人、白馬に乗った王子様的な存在だ。そんなひとがいたら、確かに皆めろめろになってしまうだろう。

「あぁ、確かにあそこのは、えらい好かれとるって聞くなぁ」

千登世の話に、永之丞が頷く。

「丞くん、知ってるの？」

背後を振り返って千登世と目を合わせながら、彼は言った。

「本人と話したことはないけど、姿を見かけたことならある。あと、一時ちょっと話題になったから」

「あ、それってもしかして」

話題になったと言われてピンとくる。

「ご成婚の話？」

「そうそう、それ」

千登世もその話は美玖から詳しく聞いた。

『皆、若様が大好きなんです。本当に大好きで、尊《とうと》くて、かけがえのない存在で。将来、若様が一族を率いてくれるんだなって頼もしく思ってて、そんな若様の支えになりたいって、誰もが思っています。でも一つだけ、若様は大きな難題を抱えてらして』

実は、若様には幼少のみぎりから想いびとがいたそうだ。本当にずっと、その相手だけを想い続けていたらしい。

『ふふっ、おかしいんですよ、あんなになんでもそつなくこなす若様が、彼女相手にはそこらの男の子と変わらないんです。下手《へた》を打ったり、つんけんしてしまったりして』

彼は一族を率いる次代の長《おさ》だ。見目にも能力にも優れ、万人《ばんにん》にとはいかないまでも、大抵の者に好意的な感情を持たれる存在。所謂《いわゆる》スパダリというやつである。

けれど、そんな完璧超人に思える彼の恋愛には大きな壁があった。

『実はそのお相手というのが一族の者では、いえ、それどころか同じ妖狐ですらないんです』

彼の想いびとは、異種族――猫又だったのだ。

しかも、猫又の一族にとってとても大切な存在だった。

彼女は誰もが認める美猫。しかも千年に一度現れるかどうかと称《たた》えられるほどの美しい白銀の毛並みと類《たぐ》い稀《まれ》なる能力の持ち主で、彼女がいれば猫又の一族は当分安泰だと思われていたのだとか。

「紺野ちゃんによると、お互いが一族を率いていく存在だから、同族との結婚を望まれたりとか、結婚するにしても、どちらが嫁入り、婿入りするのかとか、なんか色々ハードルがあったんだって」

『そもそも、妖狐の一族と猫又の一族ってそんなに仲は良くなかったんですよね。直接的な衝突が起こるほどではないんですけど、どちらも気位が高いもので』

そして、若様の恋愛の困難さは他にもあった。

『実は若様、彼女と相思相愛だったわけじゃないんです』

なんでも、長年片想いだったらしい。

『とはいっても、彼女にも色々としがらみがあったし、それに性格もとんでもなく意地っ張りなんで、お互いなかなか素直になれないって感じで。だからこう、つかず離れず、小さな喧嘩を繰り返しながら煮え切らない関係をずっと続けていたんですよね』

それを一族のひと達はどう受け止めていたのか訊《たず》ねると、そうですねぇと美玖は感慨深げに言った。

『最初から受け入れられたわけじゃないですけどね。なんでわざわざそんな困難の多い相手をって思ったし、種族間でいざこざが一切なかったとは言いません。でも、どっちの一族も、若様、姫様のことがすっごく大切なので、幸せになってほしいって気持ちが根底にあったんですよね』

実際に結ばれるまでには色々とあったのだろうが、最終的には両想いになれて、周りにも祝福されて成婚に至ったそうだ。長年のクセが抜けないのか、件《くだん》の若様・姫様の間に相変わらず小さな喧嘩は絶えないらしいが、それでもまぁなんだかんだ仲睦まじくやっているらしい。

「で、ここからが本題になるんだけどね」

そう言いつつ、千登世は永之丞の尻尾《しっぽ》をひっくり返して、反対側に温風とブラシを当て始めた。チラッと盗み見れば、永之丞はうっとりと目を細めている。たぬきはイヌ科に分類されるのだが、ネコ科の生き物ならゴロゴロと喉を鳴らしているところだろうなと想像しながら、千登世は美玖から聞いた話の続きを語った。

「妖狐の一族の次期当主と猫又の一族の次期当主が結ばれたことで、新しい風が吹き始めたんだって」

「あぁ、異種族恋愛が流行《はや》っとるんやなぁ」

「そうそう、憧れの若様と姫様がロマンチックに結ばれたわけじゃない？　それに感化される人が増えるのも分かるよねぇ」

異種族恋愛の垣根が低くなったのと、憧れの二人にあやかろうとするのとで、互いの種族で恋人同士になる者達が増えたという。

「紺野ちゃんは、別にブームに乗ったわけじゃないって言ってたけど」

「交流が増えたことで銀次と知り合って、そのうち自然と恋人同士になったらしいね。確か一年くらい付き合ってるんやっけ」

「うん、そうみたい。今までだって慣習の違いとかで喧嘩になることは多かったみたいだけど、でもその都度ちゃんと仲直りできてて」

喧嘩はなければその方がいいとは思うが、気軽に喧嘩ができて、お互い仲直りの術《すべ》を知っているというのも大切なことだと千登世は思う。

大人になると、誰かと大きくぶつかることは少なくなる。言いたいことを呑み込んだり、濁《にご》したりして、その場をなぁなぁにやり過ごすことで揉め事を回避している。

そういう判断が必ずしも間違っているわけではないが、これを大切な相手にしてしまうと、大惨事になることもある。積もり積もった怒りが大きすぎて許せなくなったり、仲を修復する方法が分からず関係が完全に破綻《はたん》してしまうこともあるだろう。

だから美玖と銀次が喧嘩をしながらも上手くやってこられたのは、二人の間に信頼や愛情があるからだろうと話を聞いて思った。

「でも、今回はちょっといつもの喧嘩とは違うんやな」

「うん」

銀次が若様を愚弄《ぐろう》した、と美玖は言った。

「銀次も何が原因で、自分のどこが悪かったんかも理解してるみたいなんやけど」

千登世も美玖からばっちり聞いている。憤懣《ふんまん》遣《や》る方ないといった様子で、美玖は銀次のセリフを再現してくれたのだ。

『ウチの姫様に長い間ストーカーみたいに付き纏《まと》った挙句、なし崩しで結婚まで漕ぎつけた坊ちゃんのどこがそんなにいいんだよ。きらきらチャラチャラした男がいいなら、玉砕覚悟で告白でもしてくればいいだろ！』

「一応、銀次くんがそういう発言に至った理由はあるみたいなんだけど」

「あぁ、彼女が若様の熱狂的なファンやとか」

「うん、そうなの」

永之丞の言葉に頷きながら、千登世はあともう一梳《す》きと、殊更丁寧に尻尾《しっぽ》にブラシを通した。何度も何度も梳《くしけず》った尻尾《しっぽ》は美しい艶《つや》が出ており、整えられた毛並みは見ているだけでうっとりしてしまうほど。

このまま顔面ダイブしたい気持ちをぐっと我慢しながら、千登世は話を続けた。

「紺野ちゃん曰《いわ》く、一族皆が若様のことが大好きで、なんかもうアイドルみたいな存在になってるんだって」

美玖も例に漏れず、若様のガチファンらしい。彼女の部屋には、若様のブロマイドまであるそうだ。

「所謂《いわゆる》〝推《お》し〟なんだよね」

今回の事の発端は、彼女が部屋に大事に大事に飾っていた若様のブロマイドに、銀次が難色を示したところにあった。

「なんや新しいのが増えてたとかで、銀次がムッときてもうたとか」

「うん、そうらしいね。まぁ恋人の部屋に自分以外の男性の写真が飾ってあって、それを彼女がうっとり眺めてたら、面白くないって心理は分かる」

でもそれは浮気とは違う。〝推《お》し〟は心に栄養を補給してくれる存在なのだ。

なのに、攻撃的な言葉で自分の〝好き〟を否定されるのは堪《たま》らない。

『推《お》しは推《お》しです！　私はガチ恋勢じゃありません。なのにそれも理解しないで』

美玖の場合、若様のことは好きだけど、それはラブではない。所謂推し事《いわゆるお》なのだ。

『それをアイツ、一緒くたにして！　分からないなら口を出すなって話です。自分だってテレビ見て、あの女優可愛いなとか言うクセに。しかも言うに事欠いて、ストーカーですよ！　きらきらチャラチャラしてるとか！　自分に華がないからって僻《ひが》みですか。若様を悪く言うなんて、許せん……！』

怒りに満ちた美玖の顔が蘇《よみがえ》る。銀次から言われた言葉は今も威力を失わず、美玖の怒りをせっせと燃やしているようだった。

「要するに嫉妬なんやなぁ」

　永之丞の言う通りだと千登世も思った。

「若様は美形で、そんでもって彼女さんも美人なんやって？」

「うん、紺野ちゃん、時々会社でも告白されたりしてるみたい。全部断ってるみたいだけど」

「その話、銀次には聞かせん方がええね」

　困ったもんやなぁと、茶色の尻尾《しっぽ》がゆらゆらと左右に揺れ、千登世の頬に柔らかい風が当たる。

「アイツ、そんな二人に対して自分は平凡顔なこと気にしてて、しかも彼女とは押して押して交際に至ったらしいから、基本的に自信がないんやろね。そやから若様に熱上げてる彼女見て、そんなにその男がええんやったら……みたいになってしもうたみたいで」

　銀次も反省はしているようなのだ。謝りたいとも思っている。

　だが、未だ怒り心頭な美玖は会ってくれないどころか、電話もメールもロクに反応を返してくれない。そんな状態のまま、気付けば二週間が過ぎていた。

　その状況に焦り、銀次は現状打開の知恵を求め、昨晩永之丞を頼ってきたらしい。

「でも、謝ればなんでも許してもらえるわけじゃないもんねぇ」

好きなものを、自分と同じように好きになってくれなくてもいい。理解してくれたら嬉しいけれど、それが難しい時はそっと距離を置いてくれるとありがたい。

もし無理だとしても、伝え方というものがあると、千登世は思うのだ。自分の〝好き〟を頭から否定したり貶《おとし》めたりする相手とは、きっと一緒にいられない。

「逆鱗《げきりん》に触れちゃったら、それがどんなに他人からしたら些細《ささい》な一言でも、取り返しのつかないことってあると思うの。あ、もう無理だなってスパッと切ってしまうことって、あるよ」

「とせちゃん、その通りやと思うけど、とせちゃんに言われると怖いわ」

ドライヤーとブラシを千登世の手から抜き取って箱にしまいながら、永之丞が眉をハの字にしてみせた。

「なんで？」

だって、と心配そうに永之丞が言う。

「とせちゃんにとってのＮＧワードや行動を、いつ自分がしてしまうやろかって心配で」

「うーん、でもそれってお互いさまじゃないかなぁ。私だって丞くんにやらかしちゃうかもしれないでしょう？」

その場に二人以上いたら、必ずそういう心配は生まれるものだ。

千登世だって不安になることはある。特に二人は種族が違う。それは常識や生きてきた背景が違うということで、人間同士の夫婦よりもやらかす確率は高いはずだ。

永之丞には言わないけれど、実際日常のふとしたことで、これでいいのだろうかと判断に悩むことが千登世には沢山あったりする。

「でもね、何かやらかしちゃったとして、それを乗り越えられるかどうか、乗り越える価値があるかどうかって、今まで二人で積み重ねてきたものとか、相手に対してどれだけ心を分けてるかとか、失いたくないと思える何かがあるかとか、そういうことにかかってると思うの」

千登世は喫茶店でのやりとりを思い出す。すっかり冷めたカフェオレを前に、美玖は溜め息混じりに呟いたのだ。

『なんかもう、無理して付き合う必要ないんじゃないかなって思うんです。お互いのために、その、別れた方がいいんじゃないかって』

そう言った美玖の言葉には、どれくらいの本気が込められていたのだろうか。

4

週末、千登世と永之丞は揃って街へ繰り出した。所謂《いわゆる》デートである。

行き先は、隠り世《かくよ》ではなく人間の街。

永之丞が資料を探しに行きたいと言ったので、午前中から電車を乗り継いで大きな書店を目指した。

「いい本が見つかって良かったね」

たっぷり時間をかけて見て回ったおかげで目的を無事果たした二人は、ネットで見かけて以前から気になっていたイタリアンのお店で、向かい合って席に着いていた。

お昼時の店内は、八割方の席が埋まっている。

「ちょっと買いすぎた気ぃもするけど」

永之丞はごめんな、夢中になりすぎたと苦笑した。

「でも配送サービスが無料になる金額だったし」

「うん、あの量持ち歩くんはなぁ」

千登世の旦那さまは、今日もいつもと変わらず着物姿だ。街中ではやはり少々目立つので、あちこちから視線が飛んでくる。

「お待たせしました、クアトロフォルマッジです」

オーダーから十数分。ウェイターが運んで来たのは、薄く黄色に色付いたとろっとろのチーズの載ったピザだった。見ているだけでじゅわりと口の中に唾液が溢《あふ》れてくる。

「美味《おい》しそう」

「チーズたっぷりやね」

永之丞がウキウキした顔で言った。

実は彼はチーズが大好きなのだ。なんでも〝食感も味もなんか面白い、この熱した時に溶けて伸びるんが、なんとも言えんね〟とのこと。

現世《うつしよ》には珍しいものがいっぱいだと永之丞は言う。千登世からしてみると隠《かく》り世《よ》も知らないものばかりで溢《あふ》れているので、お互いまだまだ新しい発見が多い。

とはいっても、千登世の隠《かく》り世《よ》への経験値に比べると、永之丞はずっと人間界慣れしているのだが。

中学の時からこちらにいる美玖ほどではないだろうが、永之丞も現世《うつしよ》での社会生活はそこそこの長さになるはずだ。

「とせちゃん、切り分けるで」

なんせ彼は、現世《うつしょ》で仕事を持っている。午前中の資料探しも、仕事に関わるものだった。

「うん、ありがと」

永之丞の仕事、それは文筆業だ。

こちらで書いている小説やエッセイは、他とは違った着眼点が面白いと評価されているし、隠《かく》り世《よ》向けに発表している現世《うつしょ》を題材にした文章は、人間の世界のことを色々知ることができる！　と一定の需要を確保しているのだとか。

「なんとも言えんコクがある。四種類もチーズが入ってるなんて贅沢《ぜいたく》やなぁ」

一口ピザを頬張るなり、永之丞は破顔した。

千登世が調べたところによると、クアトロフォルマッジはチーズの種類が厳密に決められているわけではなく、とにかく四種類使っていればいいらしい。家で自分の好みの配合を見つけるのも楽しいかもしれない、今度一緒に作ろうと提案してみようと、千登世もピザを口に運んだ。

「これだけチーズたっぷりやったら途中で胃もたれるかなぁと思ったけど、意外とぺろりといけてもうたね」

「うん、思ってたほど重くなかった」

サラダ、スープ、二人でシェアしたピザ。それらがお互いのお腹に収まって、満足感に二人で息を吐く。

「……ん？」

食後のまったりした時間を過ごしていると、ふとテーブルの隅に置かれた永之丞のスマホが小刻みに何度か震えた。

「銀次やわ」

ホーム画面に目をやって、永之丞が難しい顔をする。

「何かあったの？」

この間相談に来たばかりだ。連絡してきたということは、高確率で美玖に絡むことではないのか。

「うーん……」

永之丞はちょっとごめんと指先をおしぼりで拭いてからメッセージを確認して、あちゃぁと眉間に皺《しわ》を寄せた。何やら更によろしくない方向に事態が動いているらしい。

「銀次、メッセージばっかでは一向に返事もらえんし、そもそも誠意が見えんかと思って、直接家を訪ねたんやて。そしたら家の周りに猫避《よ》けが敷かれてて、インターホンを押すんも叶わんかったたって」

「猫避《よ》け」

千登世の頭に、水の入ったペットボトルが並べられた光景が思い浮かぶ。

「そういう術があるんよ。特定の種族を弾く類《たぐ》いの」

だが、どうやら実際の猫避《よ》けとは全く違う、あやかし専用のものらしい。つまり、銀次は美玖から出禁を食らったわけだ。

「落ち込んどるなぁ……」

「会いたくないって、はっきり突き付けられてるわけだもんね、特定の種族を弾くものを用意されたってことは。うーん……」

どうしたものかなぁ、と千登世は悩む。美玖の拒絶は明白だ。けれど、それをそのまま受け取るのはちょっと違う気もしている。

だって美玖は〝相談〟と言ったのに、結局〝どうしたらいいですか？〟と千登世に訊《たず》ねるようなことはしなかったから。

確かに、無理して付き合う必要ないいんじゃないかなって思うんです、とは言っていた。

でも、銀次と別れたいとも、別れようと思ってるけどどうしたらスパッと切れると思いますか、とも言わなかった。

きっと彼女の中には、迷いがあるのだろう。だとしたら、修復の余地はまだあるはず。

千登世はそう思った。そしてそう思うだけの確信が、実は他にもあった。

なんとはなしに、窓の向こうの雑踏を眺める。

何十何百何千の人がいて、その中からぴたりとくる人を見つけ出す難しさを思う。運命の相手が必ずこの世にいるとして、その相手と巡《めぐ》り合える確率はどれくらいのものだろうか。

「…………ん？」

「とせちゃん？」

人波の中に、見覚えのある姿があった気がして千登世は目を凝《こ》らす。

こんな偶然があるだろうか？　と思うと同時に、納得する自分もいた。

縁は引き寄せられるもの。

永之丞はそう言っていた。

千登世の会社の後輩が美玖で、永之丞の学校の後輩が銀次だったこと。そして千登世と永之丞が夫婦になったこと。一つ一つの繋がりが縒《よ》り合って、それぞれを繋いだのだ。

だからここでその姿を見つけたのも、そう不思議なことではないのかもしれない。

「ごめん、丞くんお会計お願い！　私ちょっと先に出るね！」

きっと意味があることなのだ。そう思って、千登世は慌てて席を立ち、店を飛び出した。

「待って！」

雑踏の向こうに声をかける。相手は振り向かない。もう一度、今度はちゃんと名前を呼んだ。

「紺野ちゃん！」

「…………先輩？」

少し先を歩いていた彼女が、千登世の方を振り返る。

千登世が窓越しに見かけたのは、渦中の人物・紺野美玖だった。

今日はショッピングデーだったのだろう。彼女は大きめの紙袋を二つ、肩から提げている。

「びっくりした。偶然ですね。先輩も買い物ですか？」

「うん、そうなの、ぶらっとしてた。今はあのお店でごはんしてて、偶然紺野ちゃんを見かけたから、今だ！　と思って」

「今だ……？」

もちろん、美玖にはなんのことか分からないだろう。銀次が猫避《よ》けを前に玉砕したことを、多分まだ彼女は知らない。更にそれを千登世が知っていることも予測しようがないだろうから。

「ね、もしこの後予定が入ってないなら、ちょっとお茶しない？」

そう誘うと、美玖はすぐに頷いた。

「ぜひ。買いたい物も買えたし、あとはぶらぶらするだけだったんで」

「とせちゃん！」

とそこへ、会計を済ませた永之丞が追いついてきた。

「旦那さん、ですか？」

美玖が永之丞を見上げ、それから千登世に確認する。

「うん。そうなの」

二人は初対面なのだ。自分が紹介しなくちゃ、と千登世がどちらから先にと考えている間に、二人はお互いに会釈《えしゃく》と自己紹介を始めていた。

「こんにちは。狸塚永之丞です」

「こんにちは。初めまして、紺野美玖です。千登世先輩には会社でいつもお世話になっております」

「狐の子やね」

「はい。でも社会勉強と称して、ほぼこちらで過ごしています」

和《なご》やかな雰囲気で軽く挨拶《あいさつ》を交わした二人だったが、次の瞬間、美玖がすごい勢いで千登世を振り返った。

「っていうか、先輩、旦那さんと一緒なんじゃないですか！　なのにお茶に誘うとか……！」

「んん？」

会話の流れが読めず、首を傾げたのは永之丞。千登世は慌てて説明する。

「いや、あのね、せっかくこうして会ったのも何かの縁だから、紺野ちゃんとちょっとお茶したいなって思って」

永之丞ならきっと、千登世が美玖をお茶に誘った理由を察してくれるだろうと思っていた。

「いや、駄目ですよ。だって休日デートなんでしょう？」

美玖はなおもそう言い募《つの》ったが、案の定、状況を察した永之丞があっさり千登世の申し出に頷いてみせた。

「いや、大丈夫やよ。とせちゃん、俺ちょっと野暮用があるから、先にそれ済ませてくるわ」

「野暮用？」

「うん」

訊《き》き返しても、野暮用の中身は口にしない。気を遣ってそう言ってくれたのではと一瞬千登世は思ったが、じっと顔を見るにどうもそういう様子ではなかった。永之丞には永之丞で、何か考えがあるらしい。ならばこれ以上、野暮用の中身は気にしない方がいいだろう。

「じゃあ丁度良かったね。ちょっとの間、別行動しようか。後で連絡するから」

「うん、分かった。こっちも終わったら連絡するけど、時間とか気にせんとゆっくりしとって」

おろおろする美玖を余所《よそ》に、千登世と永之丞は手を振り合ってあっさりとその場で別れたのだった。


入った喫茶店で、千登世は紅茶とモンブラン、美玖はロイヤルミルクティーとガトーショコラを頼んだ。

さっきお昼ごはんを食べたばっかりだけど、甘いものは別腹だ、と誰にでもなく千登世は心の中で言い訳する。

「ん、美味《おい》しい！」

「こっちも美味《おい》しいです。甘さの中にほんのちょっとカカオのほろ苦さがあって」

しばらくはお互い目の前のデザートに集中していたが、半分ほど食べ進めたところで美玖がおずおずと切り出す。

「っていうか、先輩、本当に良かったんですか？」

「ん？」

「いや、旦那さん……」

「紺野ちゃん、そんなに気にしなくて大丈夫。買い物ついでにごはん食べてただけだし、この後具体的な計画があったわけでもないから。それに、野暮用っていうのも多分本当で、何か用事があるんだと思うよ」

そう言ったが、美玖は変わらずどこか気まずそうだ。強引に誘いすぎたかもしれないと千登世は反省する。

「あの、紺野ちゃん。こっちこそ急にごめんね。それと、せっかく楽しい気分でお買い物楽しんでるところに申し訳ないんだけど」

お茶に誘ったのには、理由がある。話したいことがあったからだ。

「さっき夫のところに、銀次くんから連絡が来て」

銀次、の単語に美玖は困ったようななんとも言えない表情をした。

自分に何ができるだろうか、と千登世は自問する。

二人の仲を取り持つことが必ずしも正解とは限らない。別れるという選択肢だって、当然ある。

けれど一つだけ確信していること、それは、喧嘩はあまり長引かせない方がいいということだ。

時間が経てば経つほど感情は拗《こじ》れ、腹の立った場面ばかり頭にこびりつき、きっかけを掴もうにも日に日に相手に声をかける気まずさは増していく。続けるにしろ、別れるにしろ、お互いの感情を整理するためにも一度話し合いの場を持った方がきっといい。

「あの、銀次くん、猫避《よ》けの術に弾かれたって」

「そういうものも仕込みましたね……」

美玖は小さく溜め息を吐いた。

猫避《よ》けの術。

それはもう会いたくないというサインだろうか。それとも張った意地の解き方が分からなくなっているだけ？

千登世は、この間美玖から聞けなかった、彼女の本当の望みについて問いかける。

「銀次くんが、紺野ちゃんと仲直りしたいっていうのは分かってる。じゃあ、紺野ちゃんは？　銀次くんと今後どうしたい？　仲直りする余地ってある？」

「私は」

問われた美玖は、一瞬だけ言葉に詰まってから答えた。

「穏便に、関係を解消できないかなぁ、と……」

「それは、もう別れたいってこと？」

「……敬愛する主《あるじ》を貶《けな》されるって、すごくすごく許せないことです。先輩だって自分の身内を悪く言われたら、しかもそれが事実じゃなかったら傷付くだろうし、怒りませんか？　そういうことです」

それは理解できる感覚だった。千登世には、主《あるじ》と仰ぎ見るような相手はいないけれど、自分の大切な人を侮辱《ぶじょく》する相手を許せはしない。

「アイツだって姫様を悪く言われたら、同じように怒りますよ。だから、自分の言ったことがどういうことか分かってるはず」

ずっと握っていたフォークから手を離して、美玖はまた溜め息を吐いた。

「もちろん、私にも配慮が足りなかったところはあると思います。ガチ恋じゃなくても、他の男の人にきゃーきゃー言ってるのを面白くないって思う気持ちが分からないわけじゃない」

「うん」

「でも、私にとって若様は、ずっとずっと昔からの推《お》しで、アイツとよりずーっと歴も長くて。私から切り離せないものなんですよ」

「うん」

「理解できないなら、できないでいいんです。それでなくとも私達は種族が違ってる分、習慣や考え方の合わない部分が山ほどあるんです。その上性格まで合わないときたら、それって単に相性最悪ってことで、そんなの長く続くわけがない。お互い不幸にし合うだけなら、別れた方がいいって思うんです。それに、たとえ今回のことを呑み込んだとしても、また同じようなことが起こらないとも限らない。もしかしたら、今度は私が口汚く向こうの姫様を罵《ののし》るかもしれないですよね」

なんかそういうのって疲れちゃいません？　と美玖は苦笑いした。

確かに疲れるかもしれない。それに美玖にも銀次にもまだ他にいい出会いがあるかもしれないと思えば、一つの恋に固執《こしつ》するのではなく、切り替えて、次の恋にいくのも悪いことじゃないと千登世だって思う。

でも。

「あのね、紺野ちゃん。私、この間から訊《き》きたいことがあったんだけど」

「はい」

紅茶で喉を潤《うるお》してから、千登世はずっと胸にあった問いを投げかけた。

答えは、多分分かっているのだけど。

「どうして、私に相談があるって声をかけたの？」

「え、それは……」

けれど恐らく、美玖は意識していない。いや、自覚はしているかもしれないけれど、認めたくない心がどこかにあるのだろう。

だからこそ、こんなにも決め手に欠ける言葉と態度を続けているのだ。

でも彼女は本来、自分でこうと決めたらすぐに行動に移せるタイプのはずだ。普段の会社での働きぶりなどを見ていたら分かる。

そんな彼女の思い切りが悪かったのは、きっと迷いがあったから。

「先輩が、異種族婚をした人だったから、参考になるような話が聞けるかと思って」

確かに、あやかしはちらほらと現世《うつしょ》に紛れ込んでいるとはいえ、種族を超えて結婚まで漕ぎつけたカップルとなると、そんなにはいないのではないだろうか。参考になる話が聞けるかも、と思ったその考えは分からなくもない。

だが、美玖は言っていたではないか。

「だけど流行《はや》ってるんだよね？」

「？」

「若様と姫様がご成婚したことで、両方の一族で異種族婚が流行《はや》ってるって」

「あぁ、はい。それはそうですけど」

「それじゃあもっと身近に、それこそ私よりもっと気安い友達とかに紺野ちゃんと同じような境遇のひと、いたんじゃない？」

「――――」

そうなのだ。きっと相談相手なんて、他にいくらでもいたはずなのだ。

親しくないわけじゃないけど、千登世と美玖は会社の中でだけの付き合いだった。

お互いにプライベートに立ち入ったことなどなく、今回のことがあるまで千登世は美玖に彼氏がいることすら知らなかった。

なのに、あえて美玖はそんな千登世を相談相手に選んだ。

「同じ妖狐仲間に相談した方が、猫又の一族とのあれこれについて、もっと経験や実感に基づいた参考になる意見をもらえたんじゃないかなって思って」

もちろん、身内に恋愛相談する恥ずかしさとか、同族だからこそ知られたくないとか、そういう理由があって千登世が相談役に選ばれたのかもしれない。

でもきっと、それだけではない。

「つまり、その、人選ミスだったってことですか？」

「あ、ううん。そうじゃなくて」

だから千登世はもう一歩踏み込んで、美玖に問いかけた。

「きっと紺野ちゃんは理由があって私を選んだのだろうから、だから聞きたいの。……私から、どういう話が聞きたかった？」

「え……」

穏便に関係を解消する方法を教えてくれそうだ、と彼女は思ったのだろうか。

まさかそんなわけはあるまい。

戸惑いの表情を浮かべる美玖に、じゃあ、と千登世は別の質問を投げかける。

「ね、紺野ちゃんから見て、私と丞くん、夫婦としてどう見える?」

きっとそこに、答えがあるから。

美玖はそう深く考えることなく、すらすらと千登世達夫婦を評してくれた。

「仲睦まじく見えます。先輩、毎日楽しそうに家に帰っていくし、新婚生活、きっと上手くいってるんだろうなって、傍《はた》から見てても……そう思って……ましたけ、ど」

最後の方は途切れ途切れになる言葉。

永之丞を直接知らない美玖でも、千登世を通して仲睦まじく暮らす夫婦の気配が感じ取れていた。

だとしたら、相手と別れるための参考になる話を、千登世から聞けるとは思わないはずだ。

「………こういう言い方は、先輩に失礼にも思いますが」

美玖は苦笑した。でも、どこかすっきりした笑みでもあった。

綺麗なアーモンド型の瞳がきゅっと締まる。

「これは人選ミスでしたね」

その発言に、千登世も苦笑いを返す。

「そうかな~」

美玖もなかなか素直じゃない。

「紺野ちゃんだって、もう分かってるでしょ」

口をつけた紅茶は、少し温《ぬる》くなっていた。

喉を潤《うるお》してから、千登世はずばり告げる。

「まだ本気で別れたいわけじゃない。許したいんだけど、不安なことがいっぱいあって、だからどうしたらいいか迷ってるって感じじゃないかなぁ」

千登世と永之丞、種族の違う二人はどうやって夫婦としてやっていっているのか。ぶつかった時には、どう乗り越えているのか。きっと美玖が知りたかったのは、そういうことなのだろう。

「背中を押してほしいのは、銀次くんに向かってだよね」

千登世に言い切られて、美玖は数度口を小さくぱくぱくさせた。でもそれだけで、結局否定の言葉が出てくることはなかった。

キーンコーン――

不意に店内に単調な電子音が鳴り響く。喫茶店の入り口が開いたのだ。

会話に割って入った音に、二人して反射的にそちらへ視線を遣《や》った。

「な、んで」

そこにいたのは――

「やっと顔、見れた……」

もう一人の渦中の人物・銀次だった。

息を切らした銀次はジーンズにジャンパーを羽織っていたが、よく見るとシャツの裾《すそ》はよれよれのぐちゃぐちゃだ。美玖に会いたい一心で、他の何にも頓着《とんちゃく》せずにここまで駆けつけてきたのがよく分かる。

だと言うのに。

「先輩、お話聞けて良かったです。大変参考になりました。それではまた月曜に会社で」

目の前で素早くアウターを腕に引っ掛けて荷物を掻き集め始めた彼女に、千登世と銀次は慌てて手を伸ばした。

「ちょっとちょっと」

「待てって、そんな……！」

先に手が届いたのは銀次の方。だが美玖はそれをぺしっと撥《は》ね除けて身構えた。

「触んないで、不意打ちで現れるとかそんなのなし！」

「猫避《よ》け敷いといてそれはない！　正攻法が駄目なら不意打ちしかないだろ！」

待って、仲直りどころか更なる喧嘩が勃発するんじゃ、と横で千登世があわあわしていると、銀次が不思議なことを言い出す。

「ってわ、やめろ、そんな尻尾《しっぽ》逆立てて……！」

尻尾《しっぽ》？　美玖に？

そんなものはない。彼女の見た目は完璧に人間だ。銀次だって、今日は猫の尻尾《しっぽ》もけもみみもきちんと隠しているのに。

「とせちゃん」

不思議に思っていると、スッと通る声に名を呼ばれた。

「丞くん」

ここでこんなにタイミング良く銀次が現れたのは、もちろん永之丞の手引きがあったからだろう。きっとこれが永之丞の言っていた、野暮用に違いない。

永之丞はヒートアップする二人などちっとも目に入っていない様子で、いつもと変わらぬ柔らかい声で千登世に言った。

「とせちゃんはこっち」

差し出された手を、千登世は反射的に取ってしまう。

「俺とデートの続き行こ」

この状況で？　と千登世はびっくりしてしまった。もちろん、他人のことだし、犬も食わない類《たぐ》いの話と言えばそうなのかもしれない。だが、一応相談されている身だ。さすがに千登世には、そんな風に華麗にこの状況をスルーするスキルはないし、スルーすべきだとも思わないのだが。

しかし、繋いだ手を引かれて、席を立つように促《うなが》される。

「え、あの、待って」

「ええからええから」

テーブルから伝票を回収した永之丞は〝ほな失礼〟と、なおも言い合いを続けていた二人に告げてから、千登世にこそっと耳打ちした。

「尻尾《しっぽ》が見えてるんやったら大丈夫」

「？」

さっぱり分からない。

千登世には何も大丈夫に思えないのに。

けれど、結局は永之丞に促《うなが》されるまま店の外に連れ出され、そのまま休日デート再開となったのだった。

結局千登世は、妖狐と猫又カップルの行く末を見届けず仕舞いだったのである。

5

「って、やっぱりおかしくない？」

帰宅後、居間で寛《くつろ》ぎながら今日一日の出来事を振り返った千登世は、どうにも腑《ふ》に落ちないと、そう口に出す。

「何なん、とせちゃん。どうしたん？」

あの後、いくつかのお店を二人でぶらりと巡《めぐ》り、今日の夕飯はお惣菜にしようかとデパ地下に寄ってから帰路についた。

ちょっと休憩しよ、と永之丞が淹《い》れてくれたお茶で喉を潤《うるお》しながら、千登世は本日最大の疑問点を解消すべく切り出す。

「さっきの喫茶店でのことだけど」

「なんやおかしなことあった？」

向かいの席に腰を下ろした永之丞は首を傾げてみせる。

「あったよ。銀次くん、紺野ちゃんに向かって尻尾《しっぽ》がーって言ってたけど、あれどういうこと？　私には尻尾《しっぽ》なんて全然見えなかったけど……」

美玖は狐のあやかしだと言っていた。きっと本来の姿ではふわっふわの綺麗な尻尾《しっぽ》を持っているのだろう。でもあの時、美玖の変化《へんげ》が解けていた様子など全くなかった。

「あぁ、そのことか。確かに、俺にも見えへんかったなぁ」

千登世の疑問に、永之丞《つの》が同意を示した。

であれば余計に疑問が募る。千登世にも永之丞にも見えなかったものが、何故銀次には見えていたのだろうか。

「どういうこと？　銀次くんだけ特別な術でも使ってたの？」

「いや、むしろその逆かな」

「逆？」

「うん、あの狐の子は、人間社会に溶け込むために普段は変化《へんげ》の術を使うとる。大概のあやかしは何かしらそういう術を使ってるわけやけど、実は変化《へんげ》の術には法則というか、弱点……欠点があるんよ。〝惚れた相手には変化《へんげ》が効かん〟っていう法則」

「……はぁ」

説明されてもまだ上手く理解できない。そんな千登世に、永之丞は付け加えた。

曰《いわ》く、一定数のあやかしが使う変化《へんげ》の術には共通の欠点があって、惚れた相手には本当に一切変化《へんげ》が効かないため、いついかなる時でも相手の目にはまやかしのない、ありのままの姿が映るのだとか。

「つまり、喫茶店で銀次にだけあの子の尻尾《しっぽ》が見えてたってことは、それは彼女がまだ銀次に惚れてるって証明になる。彼女の気持ちが完全に冷めてたら、銀次にもとせちゃんやオレと同じように、完璧に人間に化けた姿が見えてたはずなんよ」

でも違ったやろ？　と言われて、ようやく千登世にもあの時の状況が理解できた。

「そっか、だから丞くんは大丈夫だって言ったんだね」

「そういうこと」

揉めている二人をそのままにしていくなんてと思ったが、永之丞には美玖がまだ銀次に気持ちを残しているという確信があったのだ。だからもう二人に任せて大丈夫、むしろその方がいいと判断したのだろう。

「って、ちょっと待って」

だがここで、千登世はとんでもないことに気付いてしまった。

「とせちゃん？」

〝惚れた相手には変化《へんげ》が効かない〟

変化《へんげ》の術がそういうものだと言うのなら――

「それなら、私にも常に丞くんの本当の姿が見えてないとおかしくない？　でも丞くんが人間に化けてる時は、私には完璧に人の姿に見えるよ」

それってつまり、と千登世の頭に良くない考えが高速で過《よぎ》った。青天《せいてん》の霹靂《へきれき》もいいところである。そんな……と震えながら、千登世は恐る恐る導き出された結論を口にする。

「丞くんは、私のこと、別に好きじゃない……」

「いやいやいや」

「偽装結婚……」

「待って待って待って！」

誤解や、とんでもない誤解やから！　と永之丞が慌てた顔で座卓越しに身を乗り出してきた。そんなんあり得へん、と千登世の両頬を大きな手で包み込んで、必死の様子で説明を始める。

「確かにとせちゃんに説明した内容に間違いはないし、それだけで考えたらとせちゃん相手に変化《へんげ》が効いてるのは好きやないからって思えるかもしれん。でも、違うんよ」

「……墓穴《ぼけつ》を掘っちゃったからって、慌てすぎだよ」

「ちゃうって！　変化《へんげ》の術やないから！　いや、違う、変化《へんげ》の術は変化《へんげ》の術やけど、己の妖力のみで保ってる術やないんよ！」

永之丞は千登世のほっぺを解放したと思ったら、胸元から紺地に金糸で文様が描かれた小さな袋を引っ張り出した。

「これ！」

「……匂い袋？」

「そう！」

だが、それが変化《へんげ》の術とどう繋がるのか分からない。匂い袋は、匂い袋だ。フレグランスとして使う以外の効用を千登世は知らない。それに、匂い袋という説明自体にも疑問を持った。

「……本当に匂い袋なの？　今まで丞くんからシャンプーと着物のお香の匂い以外、ほとんど感じたことないけど……」

差し出された袋に顔を近付けてすんと匂いを嗅いでみたが、不思議なことに〝匂い袋〟のはずなのに特にどんな香りもしない。ますます千登世の疑問が深まる。

「うん、それで間違ってへんよ、この匂いを感知できるもんはそうおらんと思う」

しかも永之丞の返答はまた更に矛盾したものだった。

必死の言い訳だからこんなにもめちゃくちゃな説明なのでは、と千登世は思ったのだが、話にはちゃんと続きがあった。

「これは普通の匂い袋とは違って、まじない用のなんよ」

「まじない？」

「うん。この匂い袋に込められた力を利用して、姿を誤魔化してるんよ」

要するに、永之丞の変化《へんげ》は一般的な変化《へんげ》の術と違い己の妖力をほとんど使わない、道具を頼る類《たぐ》いのものらしい。なので、例の〝惚れた相手には変化《へんげ》が効かない〟法則は当て嵌《は》まらないのだそうだ。

「……本当に？」

けれど、そう聞いてもまだ千登世の疑念は晴れない。不信な目を永之丞に向けてしまう。

「嘘なんかつかへんよ」

「だって……たぬきって化けるのすっごく上手なんでしょ？　狐の七化け、狸の八化けって言うくらい」

ちなみにこの後、貂《てん》の九化けと続く。

とにかく、たぬきのあやかしは変化《へんげ》が得意な生き物なのは間違いない。

「なのになんで道具に頼ったりするの？　普通の変化《へんげ》でも十分なんじゃゃ？」

「うーん、そうやなぁ……」

千登世の疑念を前に、永之丞は俺かて紫暢ねぇみたいに化かし合いをしたら、そんじょそこらのあやかしには負けへん自信はあるんやけど、と前置きしてから言った。

「変化《へんげ》の術って、どんだけ上手くても途中で解けることがあるんよ。うっかり気ぃ抜いてしまったりすることも、やっぱ日常の中にあるもんやし。この家、ちょっと立地が特殊やろ？　隠り世《かくりよ》にも現世《うつしよ》――人間界にも両方繋がるようにしとる」

その通り。玄関の右の引き戸を引くか左の引き戸を引くかで、どちらの世と繋がるか決まるようになっている。

「とせちゃんが人間界で生活してるのもあるけど、俺も仕事柄両方の世界に用があるわけで。来客があった時、よう確認もせんと開けてしもうたとしても、騒ぎにならんように予防も兼ねてるんよ」

「なるほど……？」

「これは」

永之丞が匂い袋を千登世の目の高さまで持ち上げる。

「身に着けてるだけで、ほとんどの相手の目を誤魔化せる。身に着けてる本人が気を張る必要もない」

「それは便利だね」

「そや、ちょっと試しにやってみよか」

何かを思いついたらしい永之丞が、匂い袋を机の上に置いた。

「よいしょっと」

そう彼が呟いた次の瞬間、拍子抜けするほど簡単に耳と尻尾《しっぽ》が顕現《けんげん》した。

「とせちゃん、見えとる？」

「うん、出てきた出てきた。いつ見ても素敵な毛並みですよ」

変化《へんげ》を解いたようなので、当然千登世にも耳と尻尾《しっぽ》が見えている。

「で、次は普通に、自分の妖力だけで化けてみます。ほいっ」

永之丞は何やらふんっと身体に力を入れた様子を見せた。

「……あれ？」

「なんも変わってへんやろ？」

彼が言う通り、永之丞の姿は変化《へんげ》前後で変わりがない。

「うん……」

変わらずもふもふの耳と尻尾《しっぽ》がある。

「……なんにもしてないだけじゃなくて？」

「じゃなくて」

千登世には分からない。今、永之丞がどんな姿をしているのか。

「ね、じゃあ今、丞くんどんな姿に化けてるの？」

興味本位で聞けば、苦笑いしながら教えてくれた。

「割とイタい光景が広がっとるなぁ。頭の上でウサギの耳がぴょこぴょこしとる」

「え！　見たい！」

前のめりになってそう求めた千登世だったが、それは無理だと首を横に振られた。

「とせちゃんに見えへんって分かってるからこそやれることやよ、こんな変化《へんげ》。大の大人の男のウサ耳なんて、どこにも需要ないやん。絶対に見えへんことが前提のおふざけ変化《へんげ》やし」

「え、需要あるよ、私にめちゃくちゃあるよ」

そう千登世が力強く主張すれば、その気持ちだけ受け取っときますと永之丞は小さく笑った。

「ま、今して見せた通り、この匂い袋がないと、とせちゃんに変化《へんげ》の術は効かん。やって、俺はとせちゃんに惚れとるからね。せやから、たとえば俺がどっかのあやかしと化かし合いして、それをとせちゃんが見物したとしたら、大層滑稽《こっけい》な姿に見えるやろうなぁ。なんせ、とせちゃんにだけは俺が俺のまま見えとるんやもん。何やってんの？　って感じやと思うよ」

それから、と永之丞は付け加えた。

「あともう一つ、あるんよ。変化《へんげ》を匂い袋に頼るわけ」

「？」

「いつでも尻尾《しっぽ》が見えとると、とせちゃん、そればっかになるんやもん」

その永之丞の告白に千登世は目をぱちくりさせたが、次の瞬間には小さく噴き出してしまっていた。

「なぁに？　丞くん、もしかして自分の尻尾《しっぽ》に嫉妬してるの？」

「激しくしとるよ。やって時々とせちゃん、俺と結婚したんか尻尾《しっぽ》と結婚したんか分からん時あるもん。不安になることすらあるんやで。それくらい、とせちゃんときたら尻尾《しっぽ》に目がないから……」

「尻尾《しっぽ》も等しく丞くんだよ？」

千登世はそう言ってみせたが、永之丞は納得いかない様子だった。

「そうやなくて」

どこか拗《す》ねたような表情になる。

「もちろん、自分の尻尾《しっぽ》には自信ある。ボリューミーでふかふかで、自慢の尻尾《しっぽ》なんは間違いない。そやけど、尻尾《しっぽ》がメインで自分がおまけ扱いになってしまうんは、めっちゃ不本意なんよ」

尻尾《しっぽ》はあくまでオプション、と念を押される。

「あんま尻尾《しっぽ》ばっかり構うようやったら、本格的にしまってまおうかと思うこともある」

そこまで言われて、千登世はショックに声を上げた。

「ええ〜、そんなご無体な！」

「どっちが。とせちゃんの方が無体やで」

尻尾《しっぽ》禁止なんてあんまりだ。日々の癒《いや》しの万能アイテムなのに。それに千登世は尻《しっ》尾《ぽ》も永之丞も優劣を付けず、どちらも等しく愛している。

けれどあまり尻尾《しっぽ》を惜しんでいると、本格的にお預けされてしまいそうだと思い直したところで、畳の上に置いていたスマホが小さく震え出した。

「あ、紺野ちゃん」

美玖からのメッセージの通知だ。

「なんて？」

永之丞も大丈夫だと判断してみせたものの、やはり気になってはいるのだろう。

メッセージアプリを開いて、千登世は安堵の息を吐いた。

「ふふっ、あのね、あの後ちゃんと話ができたみたい。一応とか暫定《ざんてい》とか色々ついてるけど、お付き合いはもう少し継続してみますって」

ちなみに喧嘩の原因になった〝若様〟のブロマイドは、銀次が部屋に来る時は伏せておくことになったらしい。銀次は銀次で、もちろん嫉妬の感情を間違った表現で示さないよう肝に銘じ、心の底から反省の意を示したとのことだった。

よかった。お節介を焼いただけでなんの役にも立てないどころか、更に亀裂を深くしてしまうかもと心配していただけに、千登世はホッと胸を撫で下ろす。

「どうなることかと思ったけど、これは一件落着かな。良かったねぇ」

「ほんまやね」

二人で後輩カップルの幸せをそっと願う。

「あ、話に夢中で、お茶がすっかり冷めとるわ」

「ホントだ」

口にした緑茶は、冷めたせいで少しえぐみが出てしまっていた。千登世が思わず顔を顰《しか》めると、向かいで永之丞も似た表情になっている。

「淹《い》れ直そか」

「そうだね」

笑い合って、お湯を沸かすために台所に移動する。

なんでもない、どこにでもあるような日常の一コマ。けれど二人で過ごすそういった時間こそ、何物にも代え難いなぁと千登世はしみじみと思う。

たぬきのあやかしと人間の夫婦。二人は別の生き物だけれど、それでいてなかなか順調な新婚生活を送っているのである。

第二話　可愛いもふもふと初めてのおでかけ

1

「千登世ちゃーん！」

庭先から、子ども特有の高めの声が響く。

「千登世ちゃん、見て見て！」

永之丞が千登世との新居に選んだこの和風住宅には、狭いながらも庭がついている。

限られたスペースではあるが、躑躅《つつじ》や梅、山梔子《くちなし》、松などが植わっていて、今の季節だと庭の隅の燃えるように染まった紅葉《もみじ》が目を引く。

そんなこぢんまりとはしていてもちゃんと四季の変化を感じられる庭の真ん中に、幼い男児が立っていた
艶々《つやつや》した黒髪の間からは半月状の可愛らしい茶色の耳がぴょこんと飛び出し、お尻では小ぶりながらもふわっとした尻尾《しっぽ》が元気よく揺れている。

「いくよ！」

「じろちゃん、がんばれ」

縁側に腰掛けた千登世が〝じろちゃん〟と声援を送るその子は、狸塚藤次郎《とうじろう》、永之丞に三人いる弟のうち一番下の子に当たる。

永之丞も和室の奥から頑張れと心の中でエールを送り、可愛い末弟の様子を見守る。

「ねこ！」

藤次郎が元気よく叫んだと思ったら、次の瞬間その姿は掻き消え、庭にはちょこんとサバ柄の猫がお座りしていた。

「上手！」

「盆栽！」

「おぉ～」

そのサバ柄の猫が喋《しゃべ》ったと思ったら、次は猫がいた場所に松の盆栽がポンッと現れる。なかなかダイナミックな剪定《せんてい》をされ面白い形はしているが、まぁ盆栽は盆栽で間違いない。

「たぬきの置き物！」

お次は陶器製の立ち姿のたぬきが現れた。残念ながらしっぽがふさふさのままだったが、前回変化《へんげ》を見た時と比べると随分と上達していると、永之丞は評価した。

「ははっ、信楽焼《しがらきやき》だ～」

「しがらき？」

千登世の言葉に、変化《へんげ》を解いた藤次郎が首を傾げる。

「たぬきの置き物の名産地があるんだよ。そこで焼かれた陶器を信楽焼《しがらきやき》って言うの」

「ぼく、ちゃんとしがらきやった？」

「なかなかにぽかったです」

「やった！」

千登世の評価にその場で小躍りし出した藤次郎は、くるりと回ったところで部屋の奥から自分を眺めていた永之丞に気付いたようだった。

「丞にぃ、見てた⁉」

「見てた見てた、猫はもう見た目完璧やな。あとはそのまま駆けたり、ジャンプしたり、鳴いたりしても違和感ないように精度上げてこ」

「分かった、がんばる！」

「そうや、じろ、おやつの準備できたから手ぇ洗ってきぃ」

「はーい」

その言葉に目を輝かせた藤次郎は、元気な返事と共に跳ねるように縁側を上がり、廊下の向こうへと消えた。

「洗面台、じろちゃん届かないと思うから一緒に行くね」

「ありがとう」

小さな背中を、千登世が追いかけていく。

藤次郎は今、六歳。日々変化《へんげ》の術の幅を広げることに余念がない。新しい変化《へんげ》対象を見つけてきては、ああして家族にお披露目《ひろめ》している。最近は出来栄えにもこだわりを持つようになってきて、今後の成長が楽しみなところだ。

「洗ってきた～！」

ほどなくして千登世と一緒に戻ってきた藤次郎は、居間の座卓を見て目を輝かせた。

「今日はとせちゃんの手作りやよ」

「わあ！」

お皿の上に載っていたのは、先日狸塚家からお裾《すそ》分けでもらった大きなカボチャを使ったタルトだ。ところどころ焼き目のついた鮮やかな山吹色《やまぶきいろ》のスイーツからは、甘い香りがほんのり漂《ただよ》ってくる。

「これ、千登世ちゃんが作ったん？」

「そうだよー」

「すごーい！　ケーキってお店で買うだけじゃないんだ？」

藤次郎は手作りへの驚きをそんな風に表現しながら、いただきます！　とフォークを握った。発言を聞くに、ケーキとタルトの違いはまだ知らないらしい。

「んー！」

ひと口食べた瞬間、もとから大きい目が更にまん丸に見開かれる。

美味《おい》しさを伝えるのに、言葉はいらなかった。藤次郎は夢中でタルトを頬張る。

「じろちゃん、ゆっくり食べないと喉詰まっちゃう」

永之丞も藤次郎に続いて、丁寧に裏ごしされたなめらかなカボチャフィリングをフォークで掬《すく》って、口に入れた。

「ん、美味《おい》しい」

「よかったぁ、久々だったけど上手くいったみたいだね」

「これ、シナモン効いてるのええね」

「じろちゃん大丈夫かなぁって心配だったけど、平気そうでよかった」

「ほんまやなぁ」

千登世の言葉に永之丞が藤次郎を見る。今日藤次郎が遊びにきたのは突然のことで、その時にはもうタルトはオーブンの中だったのだ。千登世の言う通り、口に合ったようで一安心である。

「今日はなんやっけ、この後まだお出かけするんやろ？」

新しい変化《へんげ》ができるようになったから見て！　とやってきた藤次郎だが、今日はまだこれからメインイベントが控えているようなのだ。

「うん、紫暢ちゃんと」

りんごジュースのコップを両手で持ちながら、藤次郎が言う。

「あのひと、どこ連れてく気やろ」

永之丞も幼い頃から紫暢にはあちこち連れて行ってもらったが、そのラインナップはバラエティに富んでいた。活劇や縁日、美味《おい》しいもの巡《めぐ》りなどもしたが、ある時は化かし合いの会場に飛び入り参加したり、飛び入り参加した上で紫暢ではなく永之丞が勝負させられたり、紅葉《もみじ》狩りと称してお山の断崖絶壁からスリル満点の紐《ひも》なしバンジーをさせられたこともあった。よく考えたら、結構デンジャラスである。

己の数々の体験を思い出すと、心配になってきた。

「綺羅星《きらぼし》キネマだよ！」

だが、行き先を聞いて心底ホッとする。危険じゃない。多分。

「綺羅星《きらぼし》キネマ？」

「うん！」

千登世が小首を傾げる。そう、彼女は初めて聞く場所だろう。

「キネマ？　隠《かく》り世《よ》にも映画館があるの？」

綺羅星《きらぼし》キネマは隠《かく》り世《よ》でも一番人気の映画館だ。演目数も多く、連日大賑《にぎ》わいをみせている。子どもの時分は綺羅星《きらぼし》に行くよと言われたら、心が踊った。あやかし達にとってはとっておきの娯楽の一つだ。

「すっごいんだよ、びゅーんってなってばしゃーんってひっくり返ったり、ピカピカしたり！」

藤次郎が短い腕を精一杯伸ばして、キネマのすごさを表現しようとする。

「んん？」

確かにびゅーんもばしゃーんもピカピカしたりもあるのだが、観たことのない千登世は、謎が深まったようで更に首を傾けた。

「映画館は映画館なんよ。演目は、隠り世《かくよ》でしかやってないもんやけど。そやからこそ、あやかしの妖術を活かした仕掛けが色々あって」

吹雪《ふぶき》、炎、稲妻、突風、目の前に迫るリアルなまぼろしの数々。〝観る〟よりも〝体感する〟と言うべき演出が、隠り世《かくよ》の映画の特徴だ。その中でも綺羅星《きらぼし》キネマは、各種演出の技術が突出している。臨場感たっぷりで、映画の世界のど真ん中に観客を連れて行ってくれる。

「うーん、４ＤＸみたいな感じ？」

永之丞の説明に千登世はそう訊《き》いてきたが、あれよりももっとずっと迫力のある体験ができるのだ。綺羅星《きらぼし》を知っているから、正直、永之丞には人間界の４ＤＸは子どもも騙しのように思えてしまう。もとより常識も能力も違うのだから、比べるものではないのだろうが。

「実際観たら、とせちゃんひっくり返ってしまいそうやけど、まぁイメージとしては遠からずと言ったところかな」

「千登世ちゃん、綺羅星《きらぼし》キネマ行ったことないんだ？」

「うん、今日初めて聞いたよ」

頷く千登世に、藤次郎は無邪気に提案する。

「いっしょに行く？」

「え」

誘われた千登世は、途端にそわっとした様子を見せた。

紫暢も折に触れて千登世との仲を深めようとしているし、一緒に行くとなったらきっと歓迎するだろう。

だが、しかし。

「じろ、今日は何観に行くかもう決めてんの？」

「うん！　だいばくはつ・おおえどそうりゅうちょうじょうけっせん！」

「待って、なんて？」

明らかにひらがなを羅列したようなタイトルだが、永之丞の脳内では漢字変換できそうだった。聞き覚えはある。

「だいばくはつ・おおえどそうりゅうちょうじょうけっせんだよ！」

何故ならそれは固定上映となっている演目で、永之丞も幼い頃に観たことがあったからだ。二度聞けば、今度ははっきりと分かった。

大爆発・大江戸双龍頂上決戦。

「なんかすごい盛り盛りなタイトルだねぇ」

派手好きには大ウケの作品だ。一応内容は子ども向けとなっているが、とは言いつつバトルシーンは大人を客として想定しているのでは、と思わせるほど高度な幻影が使われている。

「すっごく面白いって人気なんだよ！」

「あかんあかん、待って待って」

大興奮の様子で、なんならもう千登世と一緒に行くつもりになっている藤次郎に、永之丞は慌てて待ったをかけた。楽しそうにしているところに水を差すようで、気は引けるが。

「丞にぃ？」

あやかし同士なら、いいかもしれない。でも。

「初めて観る演目としては、ちょっと刺激が強すぎる」

「え？　でもじろちゃんでも観れるやつでしょう？」

千登世は不思議そうにしたが、藤次郎が観れる、は千登世も観れるにはならないのだ。

あやかしはあやかしの見せる幻覚に最低限の耐性を持っている。だから多少のことでは精神までやられることはまずない。

けれど、人間は違う。いきなりあんな刺激の強い幻影を目にしたら、千登世では恐らく実害が出る。

「いや、ほんまちょっと……っていうかじろ、大丈夫なん？　あれ、結構迫力あって怖いやつやで？」

「いけるもん！　このあいだ、はちだい地獄をせいはする！　ころすけのへいせいあやかしむそうも観たもん」

八大地獄を制覇する！　〜コロ助の平成あやかし無双〜

これまたどったんばったんのジェットコースターみたいな演目である。確かに大人気ではあるのだが。

「嘘やろ、いつの間に」

「九《きゅう》にぃと紫暢ちゃんが連れてってくれたん」

「なん、九重《ここのえ》まで一緒やて？　紫暢ねぇちゃん、なんの英才教育を始めとるん……？」

九にぃこと九重とは、狸塚家男四兄弟の三男である。兄弟の中では珍しく口数が少なくクールな印象の九重だが、あの弟がまさかこんな胸アツな一本を嗜《たしな》んでいるとは永之丞も知らなかった。

「で、結局行っちゃ駄目なの？」

「駄目なん～？」

残念がる二重唱に意識を現実に戻される。千登世と藤次郎が揃って永之丞を見上げていた。そういう顔をされると弱い。

「今日の演目はなぁ……」

だが、永之丞はなおも渋った。

「ええ、でも私も綺羅星《きらぼし》キネマ、興味ある。人間が行っちゃいけない場所ではないんでしょう？」

「まぁ付き添いがいれば、行けんくはないけど」

「ぼくと紫暢ちゃんが付き添うよ！」

「いや、うーん……」

がっかりさせたくないし、楽しんでほしいとも思う。だが、今日の演目は〝大爆発・大江戸双龍頂上決戦〟なのだ。やはり内容的に千登世の初・キネマには相応《ふさわ》しくない。かといって、すっかり気持ちが高まってしまっているまだ幼い藤次郎に、演目の変更も提案しにくい。特に前回見たのが〝八大地獄を制覇する！　～コロ助の平成あやかし無双～〃であるなら、刺激の低いものでは満足しないだろう。

「千登世ちゃん行かれへんの？」

返答を濁《にご》していると、藤次郎は見るからにしょんぼりしてしまった。永之丞の心のうちで罪悪感がふくれる。

だが、それでも簡単にええよとは言えない。

永之丞は心を鬼にすることに決めた。

「今日じろと観に行くのは、ちょっと無理やなぁ」

「えぇ～」

「じろちゃん、しょうがないよ。ね、今日はじろちゃんと紫暢さんで楽しんできて。それで今度ウチに来た時、どんなお話だったか聞かせて？」

気落ちしている藤次郎を千登世が慰《なぐさ》める。きっと千登世だって内心では残念に思っているだろうに。

心を鬼にすると決めたばかりなのに、自分の狭量さを突き付けられたようで永之丞は狼狽《うろた》えた。

「えーっと、ほら、ほなまた今度行こ！」

別に禁止と言いたいわけじゃない。今日はたまたま、演目のチョイスが初心者向けでなかったというだけなのだ。

「ちゃんと初心者に優しい、常識の範囲内のドキドキ・わくわくの詰まった演目を探しとくから！」

永之丞は場を盛り下げてしまった分を挽回しようと、慌ててそう言い足したのだった。

2

「――――書けん！」

昼下がりの自宅。永之丞は畳の上に勢いよく身体を投げ出す。だが、天井《てんじょう》を仰ぎ見てもそこからネタが降ってくるわけではない。

溜め息を吐きながら、永之丞は一旦自分の脳みそを創作モードから切り離した。

「締め切り……明々後日《しあさって》か……」

卓上カレンダーを見て、逆算する。

頼まれているのはとある雑誌掲載の記念号の短編だ。付録としてちょっとした冊子にするらしい。分量は多くないから、ネタさえ思いつけばまだまだいける日程ではある。ネタさえ、思いつけば。

「こう、血管が詰まっとる感じなんよなぁ……」

アイデアや単語が、あとちょっとのところで出てこない。たまに来た！　と思っても出てくるのは欠片《かけら》程度で、しかも中身がすかすかだ。そんな状態で書き出してみても、結局は続かない。

「いや、大丈夫。いけるし、やらな」

それがプロというものだし、仕事というものだ。

だが、そう思ったところですぐに解決するわけではないので、永之丞は転がったままなんとはなしに文机に目を向けた。

詰み上げられた書類の合間からぴらぴら見えているのは、映画のパンフレット。人間界のものだ。知り合いの作家の作品が映画化されるそうで、その宣伝パンフレットが永之丞のもとにも回ってきたのである。

映画のパンフレットで、先日の綺羅星《きらぼし》キネマの一件を思い出す。

「とせちゃんとじろ、仲いいよなぁ」

二人が身を寄せ合って、楽しそうに談笑している様子を思い出す。

いいことだ。自分だけでなく、自分の身内とも仲良くしてもらえるのは、とても嬉しい。

それに実はもともと、永之丞より藤次郎の方が先に千登世と出会ったのである。その時から、藤次郎は千登世によく懐《なつ》いていた。

藤次郎と千登世が仲良くしている図は、いつだって永之丞の心を和《なご》ませる。それに、この家で二人が戯《たわむ》れているのを見ると、近い将来についても色々と想像がふくらむ。

「子ども……」

千登世はどう考えているのだろう。永之丞としては、授かれるものなら授かりたい。そうなったら嬉しい。

けれどその子は確実にあやかしの血を持って生まれてくる。今時は半妖も珍しくはないし、生き方にも幅が出てきている。人の世に馴染もうとするあやかしも多く、それこそ人間の学校に通うのも珍しくはない。

「まぁ、でもあやかしやってことを、オープンにできるわけやないもんね」

それに伴《ともな》い子どもはもちろん、千登世にだって負担や不安が生じるだろう。嫌な思いをしないとも限らない。

「人間同士で結婚したのとは、違うところがあるんは当然なんやけど」

もちろん相手によるとはいえ、やはりどう考えても人間の男と結婚した方が楽だろう。その方が、摺り合わせる必要のないこと、怯《おび》える必要のないことが多いに決まっている。

あやかしと人間、異なる種族が一緒に暮らすとなると、どうしても色々とイレギュラーなことが生じるのは仕方がない。

それを〝楽しみ〟と捉《とら》えるか〝ストレス〟と捉《とら》えるかは人による。

「とせちゃんは……」

楽しんで乗り越えられるタイプだろうか。ストレスに感じて、心身の調子を崩すようなことになっては堪《たま》らない。

永之丞はあやかしについて、隠《かく》り世《よ》について、千登世に知らせていないことが沢山ある。

結婚してまだ半年、交際期間を含めてもやっと一年だ。よく考えなくても、スピード結婚だったと思う。永之丞はともかく、千登世はそれまで存在すら知らなかったあやかしとの結婚だったのだ。

「なんでとせちゃんは、俺と結婚してくれたんやろか」

惚れた腫れたの話ではある。けれどそれだけで語れるものだろうか。

〝あやかし〟というハードルを千登世は何をもって乗り超え、結婚を決意してくれたのだろう。

千登世をどうしようもなく惹き付ける、自分でも自覚できていないようなとんでもない魅力が、自分にはあるのだろうか。

「――――尻尾《しっぽ》？」

思い当たったのはそれくらいで、永之丞は己の尻尾《しっぽ》を顕現《けんげん》させてしげしげと眺めてみる。

この尻尾《しっぽ》が千登世を虜《とりこ》にしているのは間違いない。だが、これがそこまでのチャームアイテムになるだろうか。生まれた時から自分に付いているものである。もちろん、毛並みなんかには常に気を遣っているが、魅惑のアイテムとまでは思っていない。

「ま、実際、思わず嫉妬するくらいにはとせちゃんに愛されてるけどな、このもふもふ。自分の尻尾《しっぽ》に嫉妬する日がくるとは思わんかったなぁ……」

「ただいまー」

永之丞がふりっと魅惑の尻尾《しっぽ》を揺らしたところに、玄関口からまぁるい声が響いた。買い物に出ていた千登世が戻ってきたのだ。

「おかえりー」

のそりと立ち上がり、玄関へ迎えに出る。

「わっ、いっぱい買《こ》うてきたんやなぁ、重かったやろ。呼んでくれても良かったのに」

千登世は肩に掛けられる大きなエコバッグの他に、スーパーの大きいサイズの袋と小さなドラッグストアの袋も持っていた。持ってるだけで精一杯といった様子である。よくここまで帰ってきたなぁと感心するくらいだった。

「いやいや、丞くん、お仕事中だったでしょう」

「上手に気分転換するんも仕事のうちやし」

言いながら荷物を受け取ると、千登世に苦笑された。

「なるほど、書けていないと」

「仰《おっしゃ》る通りで」

大根や玉ネギ、サラダ油なんかも入っている。きっと安かったのだろう。

「あ、郵便受けも見てこよ」

靴から踵《かかと》を浮かせたところで、千登世がそう言って動きを止めた。

「ごめん、荷物お願い。小さい袋はハンドソープだから洗面所～」

「了解」

右側の引き戸を開けて外へ出ていく千登世に背を向けて、永之丞は板張りの廊下を進む。まずは台所で、冷蔵庫の野菜室に入れるものから取り出していくことにした。

「お、キノコぎょうさんある。とせちゃん、マイタケ大好きやもんなぁ」

キノコが冷蔵庫にないと落ち着かないと言う千登世は、中でもマイタケ贔屓《びいき》なのだ。

スーパーの袋の中には三パックも入っていた。

「今は美味《おい》しい季節やし」

天ぷらか、炊き込みごはんか、確か鮭があったから麺つゆとバターを入れてホイル焼きにしてもいい。それに、この間もらったカボチャもまだ半分以上残っている。

「あれをコロッケにするんもええなぁ」

カボチャの甘みを生かしたプレーンと、カボチャにマヨネーズを混ぜてちょっとポテトサラダ風の味つけにしたものを作るのもいい。後者はマヨネーズのコクと甘味がなんとも言えないバランスになって、なかなか美味《おい》しいのだ。

「カボチャ、それでも余るなぁ。他になんにしよ。煮物くらいしか思いつかんけど」

料理はもとより習慣として身についていた。下に三人も弟がいれば、食べ盛りの男児である、いつでも誰かがお腹を空《す》かせていた。親が忙しそうな時や、不在の時なんかはよく台所に立った。料理の腕に覚えがあるというほどではないが、それなりのものを作ることができる。

結婚してから、平日の料理は永之丞が担当することがほとんどだ。毎日の献立を考えるのや、コロッケ等の揚げ物のメニューを面倒くさいと思わないわけではない。だがそれよりも千登世が喜ぶだろうかとか、最近残業が多いから栄養を摂れる料理にしようとか、そういうことを考えている時間は充実していて、面倒に思う気持ちを上回っていく。

何を作っても千登世は喜んでくれそうだ、と永之丞が手持ちのレシピを頭に巡《めぐ》らせていると、ふと鼓膜を震わせる音があった。

引き戸がレールの上を滑る音に続き、何やら話し声がする。

「……て……どうしたの？」

誰か訪ねてきたのだろうか。

まだ買ってきたものを入れている途中だったが、気になった永之丞は玄関へ再び足を向けた。

「お名前言える？　どうしよ、こういう時は警察かな」

漏れ聞こえてくる声は知り合いに向けるようなものではない。初対面の相手だろう。

ふと見ると、左側の引き戸が開いている。隠《かく》り世《よ》側だ。

使っている郵便受けは同一なのだが、次元が違うので両方の世の郵便物を一気に受け取ることはできない。それぞれ一回ずつ確認しなければならないのだ。

「でもずっとここにってわけにも……ね、お巡《まわ》りさん来るまで、この家でちょっと休憩しようか」

少し面倒な造りやよなぁと思いながら、外の様子を目にした永之丞は、次の瞬間血相を変えた。

「とせちゃん、あかん!!」

家の外には、しゃがみ込んだ千登世。そうしているのは、でなければ目線が合わないからだ。

「とせちゃん！」

千登世が相手をしているのは子どもだった。

紺地の着物には白のトンボが飛んでいて、素足に下駄を履いている。耳や尻尾《しっぽ》、牙等の分かりやすい特徴はないが、あやかしの類《たぐ》いには違いない。

隠《かく》り世《よ》側の戸を開けているのだから、千登世もそれは分かっているだろう。

だが。

「丞くん？」

「入れたらあかん」

それがなんなのかまでは分かっていない。

きっと千登世は、小さな子どもが困っているという認識なのだろう。

「え？」

入れるな、と言えば千登世は戸惑いの表情を返してきた。

「ほんまは敷地のうちでもよおない」

子どもは既に門扉《もんぴ》の内側に立っていた。でも、まだ建物の中には入っていない。

「追い出すのに難儀する」

永之丞がきっぱり言うと、千登世の顔が次は強張《こわば》る。明らかにショックを受けている様子だった。

「そんな……」

　その顔を見て、事情を知らない千登世に自分の対応がどう映ったか思い至ったが、まずはこの場の対処が先と千登世の腕を引いてから、件《くだん》の子どもに向けて言葉を発した。

「ここはあかん」

子どもは何も言わない。ただ零れ落ちそうなほど大きな瞳を、じっとひたすらに永之丞に向けるだけ。

「ここはあかん。ウチは違う」

腕の中に千登世を抱きしめながら、もう一度繰り返す。

目は逸らさない。ひたすらにNOを突き付ける。

一分か、二分か。しばらく膠着《こうちゃく》状態を続けてから、永之丞は改めて言った。

「次を巡《めぐ》り」

恐らく、その一言が決着をつけた。

カラン――――

下駄の歯が石畳と当たって軽快な音を響かせる。

「…………」

結局子どもは一言も発さぬままだったが、諦めはしたようだった。その姿が門の向こうを右に曲がり消えていく。

しばらくの間、カラン、コロン、と下駄の音だけが通りに響いていた。やがてそれも遠くなり、終《しま》いには聞こえなくなる。

「………」

永之丞はそっと腕の中を覗き込んだ。

千登世は口を引き結んで、ただじっと門の向こうを見つめていた。その手に握られた封筒は、すっかり皺《しわ》が寄っている。

「とせちゃん」

強張《こわば》りを解くようにそっと声をかければ、千登世は視線を門の向こうにやったまま小さな声で訊《たず》ねてきた。

「――何か、良くないものだった？」

「うん」

抱き寄せた彼女の腕を擦りながら、永之丞はかいつまんで説明する。

「家に入れると厄災を招く。そんで、その家が潰れるまで居着く。でもあの見目やから、気付かんとうっかり上げてしまうことはままあるんよ」

一度許しを与えて入れてしまったものを追い出すのは、難しい。力のあるあやかしならば追い出すことも可能だが、なかなかに骨の折れることなのだ。

「……そっか」

「びっくりしたよな」

「子どもに対して、すごくキツイ物言いだったから、うん、ちょっとびっくりしちゃった」

千登世の目に、先ほどの永之丞はどう映っただろう。将来自分の子どもにもあぁいう態度を取るかも、と思わせてしまっただろうか。

「そうやんね、ごめん。ショックやったよな」

先ほどまで、二人の間に子どもができたら等と想像をふくらませていただけに、この展開は永之丞も辛かった。

「違うの！　ごめん、知らなかったから。というか、深く考えてなくて」

「いや、俺も。……もうちょっと色々、隠《かく》り世《よ》のあれこれを説明しとかんとあかんね。そやないと、却《かえ》ってとせちゃんを危ない目に遭わせてまう」

永之丞には自覚がある。

あやかしは決して、もふもふしてて、優しくてあったかいものばかりではない。闇に潜《ひそ》み、あるいは優しげな顔をぶら下げて、丸呑みにする隙を狙っているものもいる。千登世の常識や良識では到底受け止められない、恐ろしいものや、おぞましいものが。それを無闇矢鱈《むやみやたら》と彼女の目に晒《さら》して、否定されたり、拒絶されたくない。それ以上に、他と一緒くたにされて自分まで忌避《きひ》されたくないと思っている自分がいる。

だから、勝手に情報を制限しているのだ。自分の都合を最優先して、とせちゃんがびっくりしてまうからなんて言いながら、怖いものからそっと遠ざける。

だって永之丞自身の中にも、きっとあるのだ。千登世が恐れてしまうような、あるいは理解できないと思ってしまうような性質や考えがきっとある。

それを知られてしまうのが怖くて、だから永之丞は懸命に人間に化ける。あるいは〝善良なあやかし〟に化けるのだ。

「可哀想に思えて胸が痛んだかもしれんけど、あやかしって色々あるから。害意のあるものも、害意がなくても相手を不幸にするものもいる」

「うん」

本音と建前はぐちゃぐちゃに入り混じっている。

危ないのも本当。だから無闇矢鱈《むやみやたら》と触れさせたくないのも本当。

千登世が心配だから。怖い思い、嫌な思いをさせたくない。そこに嘘はない。

けれど時折、もっともらしいことを言って、自分が色々と誤魔化しているだけのような気も永之丞はしてしまう。正しさを装《よそお》って、千登世をコントロールしているような、自分がひどく傲慢なことをしている気になる。

「ごめん、とせちゃんが怖い思いをせんでええように、俺ももっと気ぃ付けるな」

永之丞は改めて千登世の身体を抱きしめた。

あやかしと人間、異文化コミュニケーションには、どうしたって山もあるし、谷もあるのだ。

3

「あぁ～、それはちょっとびっくりしましたね」

とある日の昼休み。千登世と美玖は二人で昼食を取っていた。

社食ではなく、会社の入っているビルの真後ろにある、軽食も出す喫茶店だ。

いつものメンバーのうち他の二人は有休で、今日は二人だけだった。

会社からすぐの店なのに、意外と自社の人は来ない。近すぎて、逆に盲点になっているのかもしれない。

美味《おい》しいからオススメなのにと千登世は思うが、そのおかげでのんびりと食事ができているのも事実だ。

「ウチには来たことないですけど、昔、それで没落した家を見たことならあります。すっかり廃墟になっちゃってて」

「そうなんだ……」

二人が話題にしているのは、先日千登世の家に現れた〝厄災を持ち込む〟というあやかしのことだった。

きちんと説明してもらって、永之丞があぁいった対応をした理由は分かっているし、自分の迂闊《うかつ》さも反省している。けれどやはり受けた衝撃は大きく、消化しきれずにいて、二人きりなのをいいことにこうして美玖に話を聞いてもらっている。

「まぁ、見た目は完全に普通の子どもですから、パッと見ただけでは分からないかも。特に人間には。でも確かにアレは厄介な性質のあやかしなんです。だから厳しい態度に出た旦那さんは正しいいし、それだけのことをしないと退けられない相手でもあるんですよ」

「見た目で簡単に測れるものじゃないんだよね」

愛らしい、稚《いとけな》い見目をしていてもそれが全てではないのだ。

「ん～、ここのナポリタン、やっぱり美味《おい》しいですね」

美玖のしみじみとした呟きに促《うなが》され、千登世も思い出したように口に運ぶ。

「そうだよね、他とは何か違うよね」

二人の頼んだメニューは、どちらも同じナポリタンだ。

実はピーマンが苦手な千登世だが、何故かナポリタンに入っているものは平気なことが多い。特にこの店が扱っているピーマンは品種にこだわっているのか、苦みよりも甘みが強くて、好きだなと思えるくらいだった。その他の具材は玉ネギとマッシュルームとベーコン、それぞれの塩味と甘みと旨みがケチャップベースのソースでぎゅっと調和して、少し太めの麺と絡んで美味《おい》しさが増す。

「っていうか先輩、前から思ってたんですけど、こっちのこと全然詳しくないですよね？」

食事を続けながら、美玖がそう訊《たず》ねてきた。

「うん。恥ずかしながら、その通りです……」

やっぱり傍《はた》から見ても分かるものなんだなぁと千登世は頷く。

美玖は薄々分かってはいましたけど、と言いつつも、驚いた様子を見せた。

「ちなみに旦那さんとは、どれくらいのお付き合いで結婚に？」

「付き合って半年、結婚してからは今半年くらいかな」

「短い！　早い！　スピード結婚！」

美玖が驚きの声を上げる。

そう、実は二人は出会って半年で結婚に至ったのだ。早いか遅いかで言えば、早い方に分類されるだろう。

「いや、なくはないですけど。相談所とかに登録して婚活してたんなら、全然ある感じですけども」

　それでも、と彼女は続けた。

「普通の結婚とは違うじゃないですか。種族が違うわけで、やっぱどうしても色々とハードルがあるし」

　仰《おっしゃ》る通りだなぁとしみじみと思う。

　千登世の人生において永之丞との結婚は、今までに、そしてきっとこれからを通しても思い切った、一世一代の決断だったに違いない。

「でも決められたんですよね。すごいなぁ」

　感心したように呟いてから、美玖がずずいとテーブル越しに顔を近付けてきた。

　白のブラウスにナポリタンがつきそうで、千登世は気が気じゃなくなる。

「それはつまり、ビビッときたってことでしょう？」

「ビビッと……」

　きていないのに、決断できることではない。それは確か。

「ズバリ、何が決め手だったんですか？」

　どうやら美玖は恋バナが大好物らしい。自分が語るより、人の話を聞く方が好きなようだ。

　一方の千登世は、恋バナが得意ではなかった。人の話を聞くのはいい。でも、自ら語るのは恥ずかしくて仕方がない。それに、人様に聞かせるほどのものでもないという思いも強い。

けれど曖昧《あいまい》にその質問を躱《かわ》すことはできそうになくて、なんとか答えを引き出した。

「え、えぇっと、そこはやっぱ、人柄かな……？」

そう、人柄。というかあやかし柄？

一緒に暮らしていく上で、とても重要なポイントだ。

「優しそうな旦那さんでしたもんね、うんうん」

深く頷きながら、美玖が前のめりだった身体をもとの位置に戻した。白いブラウスがケチャップ染めになる危機が去ったことに、千登世は密かにホッと息を吐く。

「ね、先輩、馴れ初《そ》めが聞きたいです」

が、安堵の息は美玖のこの質問で勢いよく引っ込んでしまった。

「な、馴れ初《そ》め？」

「はい。そもそもどうやってあやかしと出会って、その正体に気付いて、そこから何が起きれば結婚にまで至るのか、とても想像がつきませんもん」

千登世と永之丞の出会い。あやかしと邂逅《かいこう》し、千登世の人生が変わり始めた転換点。

もちろん、出会ったあの日のことは千登世もよく覚えている。けれど、それを人に話すなんてとんでもない惚気《のろけ》のような気がして恥ずかしかった。

いやぁ、そんな語るほどでも……と濁《にご》してどうにか回避を試みたい。

「ねぇ先輩、教えてくださいよ～」

けれどうるうるした瞳でおねだりモード全開の美玖に押し切られて、結局はたどたどしくも自分の人生を大きく変えることになった、ある秋の日の出来事を語り始めたのだった。

「えぇっと、あのね――」


それは肌寒さを覚えるようになってきた、秋も深まり始めた十月の夜のことだった。

きゅーん……くぉーん……

たっぷりの残業を終えて家路を辿《たど》っていた千登世は、ふと何か聞こえた気がして足を止めた。

「……気のせい？」

残業のおかげで目はしょぼしょぼだし、お腹は空《から》っぽで身体は重い。判断力が低下している自覚はあったので、幻聴か聞き間違えかと思った。

だが。

きゅいー！

「んん……？」

また何か聞こえた。なんとも判別し辛い音ではあるが、何かの鳴き声のようだと千登世は思った。

「犬……でも猫でもない？」

聞いたことがないタイプの鳴き声だ。犬でも猫でもないのなら、なんだと言うのだろう。

自宅まではあと少しのところで、このまま通り過ぎても良かったのだが、謎の鳴き声がなんだか妙に心に引っかかって、千登世は周囲を見渡す。

街灯は適度な間隔で夜道を照らしてくれていたが、それでも道の隅々まで届くほどではなかった。自販機の下、側溝、細い小道、店先に置かれたケースやゴミ箱の陰など、明かりが届いていないところも沢山ある。

時折聞こえる微かな鳴き声はなんだか不安げな様子で、鳴き声の主は困っているのではないかと思わせた。

「怪我とか、してたり……」

もしそうなら、心配だ。

やがて千登世は、自販機と塀の間にできた小さな隙間に、鳴き声の主を見つけた。スマホのライトを点《つ》けて、驚かせないようにそっと手前の入り口を照らしてから、徐々に奥へ向けて光をズラしていく。

「犬……？　やっぱり違うかな……」

　茶色か黒っぽい感じの何かがいた。ただ、スマホのライトでは照度が足りなくて、正体を特定するのは難しい。見たところ、身体は小さいようなので、子どもなのかもしれなかった。

「どうしたの」

　極力怯《おび》えさせないようにと、千登世は柔らかい声音を意識して、そうっと奥へ呼びかける。

「迷子？　怪我？　お腹空《す》いた？」

　人間の気配に驚いて逃げてしまうかと思ったが、怯《おび》えか警戒か、その生き物は自販機の裏で丸まったまま動かない。

「大丈夫？」

　どうしたものかなぁと思いながらも、千登世は何度か呼びかけを続けて、じっと相手の反応を待った。

　余計な手出しをしているのかもしれない、無闇矢鱈《むやみやたら》に関わるべきではないのかもしれない。

　そんなネガティブな考えがむくむくと湧き上がってきた時だった。

「あ」

ぽてぽてと小さな塊《かたまり》が、千登世のいる方へ少しずつ近付いてくる気配。

やがて、それは自販機の陰から完全に姿を現した。

「え」

予想していたどの動物とも違う。ふわふわもこもこしているし、耳も尻尾《しっぽ》もついているが、犬でも猫でもなかった。

アライグマ？　いやそうではなくて。

「――たぬきだ」

千登世の知識に間違いがなければ、それはたぬきだった。

「え、え」

こんなところに何故たぬきがという驚きと、たぬきへの対処方法が分からないことへの戸惑いとで慌てる。

「たぬきって野生動物だよね、えっと、どうしたらいいの？」

弱った声を上げていたと思ったが、パッと見ただけでは怪我の有無は分からなかった。そもそも、飼えるものではなかった気がする。下手《へた》に手出ししていいのかも分からない。

顔を出したその子は、窺うようにそっと千登世を見ていた。こんな近距離で大人しくしているところ見ると人慣れしているような気もするが、単に警戒心が足りていない可能性もある。

「待って、待っててね」

ひとまずスマホであれこれ検索すると、やはり原則飼える動物ではないらしい。

「となると、動物病院に連れていっても診てもらえるとは限らない？　そもそも手を出しちゃいけないってことなの……？」

更に検索を続けて対処方法を探していると、やがて一つのワードに辿《たど》り着いた。

「鳥獣保護センター……」

そういうところへ連絡する手があるらしい。

「って、この近く、そういうところあるのかな……あ、まずは役所に一報入れるのが先？　でももうこんな時間、窓口も閉まってるだろうし……どうしよう……」

しかしもう関わってしまった。自ら手を伸ばしたのに、責任を取らないのはよろしくない。とりあえず、できることだけでもしなくては。

「家に連れて帰ったらまずいんだよね、病気の心配もあるだろうし……」

ひとまず夜間も対応している動物病院に指示だけでも仰いでみよう。素人《しろうと》が何も考えずに手を出すのが一番良くない。

千登世が必死に対処法を考えている時だった。

「おなかすいた」

「え……」

不意に聞こえてきた声に、辺りを見回す。けれど、誰もいない。人通りもない。

「ごはん……」

また聞こえた！　あどけない、子どもの声だった。

「どこから」

自分とたぬき以外は誰もいない夜道。そこにぽつりと響く、子どもの声。

「やだ、待って」

ザッと血の気が引く。犯罪の類《たぐ》いはもちろん怖い。怖いが。

「ひっ、ホラーは無理、ダメ、勘弁して」

たちまち恐怖心に駆られるが、どうすればいいのか分からない。ぎゅっと握り締めたスマホが、僅《わず》かに軋《きし》んだ音を立てる。

どうか幻聴であってほしいと、千登世が祈るような気持ちで思った次の瞬間。

ぐきゅー、と拍子抜けするような音が鳴った。

「は……？」

反射的に自分のお腹を見下ろすが、千登世の腹部が発した音ではない。となると――？

きゅるるる。

今度の音ははっきり足元から聞こえた。

千登世は視線を下げる。そこには、子だぬきが大人しくお座りをしていた。

君なの？　と目で問えば。

「ごは――――」

「藤次郎！」

応えるような愛らしい声と、もう一つ別の大きな声がその場に響いた。

「藤次郎、こんなとこにおったん⁉」

耳慣れない関西弁の低い声と、背後からにょっと出てきた長い腕に、千登世は思わず身体を縮こませる。

その間に、大きな手が子だぬきの首根っこを掴んでひょいと持ち上げた。

「あ……」

それを目で追って振り返ると、背の高い着物姿の男性がいた。

年は二十代後半から三十代ちょっとくらいで、抹茶色の着物は彼に似合っていたが、その年代にしては珍しく思う。とんでもなくムキムキというわけではないが、大きいという印象を持った。多分、骨格がしっかりしているからだろう。自分との体格差に圧倒されてしまう。

「………」

しばし男性と無言で見つめ合う。

夜道で見知らぬ男性と行き会えば、反射的に警戒してしまうのは女性としては当然のことだ。だが、それでも男の腕に抱かれた子だぬきが千登世の警戒心を幾分和《やわ》らげていた。

聞き間違いでなければ、男性は子だぬきを名前で呼んでいたし、この子を捜していた様子から飼い主なのかもしれない。たぬきは保護という形でなら飼育できることがあるのだと、さっき調べた情報の中にもあった。

「あの、その子、あなたのところの子ですか？　自販機の後ろで必死に鳴いていたから気になって。でも、飼い主さんが来たなら、良かったです」

そこまで言って、ふと千登世の胸に違和感が過《よぎ》る。

そういえば、さっき何かおかしなことが起こらなかったか。

確か、お腹が空《す》いたと声が聞こえて。そうしたら子だぬきのお腹が、きゅるっと鳴って。そうして更には〝ごはん〟という声まで聞こえてきたのではなかったか。

いやいや、それはおかしい。そう、きっと絶対、気のせいに違いない。たぬきが喋《しゃべ》ったなんてそんなこと、あるはずがない。そんなことはファンタジーの世界での話だ。現実にはあり得ない。

あぁ、今日はやっぱり疲れてるんだ、と千登世は妙に騒ぐ胸を押さえながら、話しかけたのに一向に返事をしてくれない相手を改めて見つめ直した。

「か……」

「か？」

子だぬきを抱いたままずっと棒立ちしていた男はようやく口を開いたと思ったら、次の瞬間ひと言大きな声で言い放つ。

「可愛え……！」

「か、かわ……？」

いきなり可愛いと言い出したが、何が可愛いのだろう？　腕の中にいる子だぬきが？

千登世が不可解な表情を浮かべると、また子どもの声が響いた。

「丞にぃ」

今度ははっきりとその出どころを掴んだ。

「じろっ」

男が慌てた様子で子だぬきの口を押さえる。それが何よりの証拠だった。

「喋《しゃべ》った！」

今のは、確実にこの子だぬきが喋《しゃべ》った。確信した途端、千登世は混乱した。

「え、しゃ、喋《しゃべ》った⁉」

おかしい。あり得ない。自分は夢でも見ているのだろうか。

「た、た、たぬたぬたぬきが……⁉」

夜道で鳴き声がして、現れたのはたぬきで、そうかと思ったら人語を喋《しゃべ》って。そんな普通ではないたぬきを迎えに来たのは、この辺りではまず聞かない関西弁を喋《しゃべ》る着物姿の男。

千登世は無意識に足を一歩後ろに引いていた。

夢ならいい。そうであれば。でも、きっと違う。何か普通ではないことが目の前で起こっている。人ではない何かに——遭遇してしまった？

「待って、あの、怪しいもんでは」

「ひっ」

「あぁ、じろ、ほんま迷子なった時はその場にって、こっちではまだ一人では動き回ったらあかんよって言うたのに……いや、そうやなくて。すみません、違うんです。お巡《まわ》りさんだけは勘弁、いや、記憶……」

消したくないねんけどなぁ……という男の呟きが、千登世を更に混乱させた。

記憶を消す？

さらっととんでもない発言だ。

「あのね、助けてくれたん」

そこに響いたのは、あの愛らしい声。

「藤次郎」

男性の腕の中にいる子だぬきだ。

普通じゃない。そう思う。だって、たぬきはどう考えたって人間の言葉を喋《しゃべ》らない。

でも。

「いい人だよ」

可愛い。

この状況をあり得ないとは思うが、それはそれとして子だぬきは可愛い。声も、喋《しゃべ》っている内容もすごく可愛い。

「分かっとるよ。でもな、俺らは人間にとって今はもう馴染んだ存在やないんよ。――あやかしはもう、人間と堂々とは交わらんのやから」

そう言って、男が困ったような顔を千登世に向ける。

思ったよりずっと柔和《にゅうわ》な顔立ちをしていたからか、理解できないことは山のようにあったが、男性から害意は感じない。

けれど、とても不思議な単語を聞いた。

「あや……かし？」

彼は確かにそう言ったのだ。

「お姉さん、ウチのじろを助けてくれてありがとうございました。正直、誤魔化そうと思ったら誤魔化せるんやけど、それはしたないなぁと思ってて。怖いかもしれんけど、ちょっとだけ話聞いてもらってもええやろか」

それが、千登世と永之丞の出会いだった。

人間界で迷子になり、途中で変化《へんげ》も解けて人型さえも保てなくなってしまった藤次郎をたまたま千登世が見つけ、弟を必死に探し回っていた永之丞と巡《めぐ》り合った。

そうして千登世は、人間界の裏に存在する、もう一つの世のことを知ることになったのだ。

本来なら、こうした場合は人間の記憶を消して、なかったことにするのだという。うっかり人間にあやかしの正体がバレてしまうことはままあることだから、それに対処する術《すべ》はあやかし側もちゃんと持っているのだ。

けれど、永之丞は千登世にそうしなかった。

のちに彼は言った。

一目惚れだったと。どうしてもこれっきりにしたくなくて、記憶を消してなかったことにしたくなくて、だからどうにかあやかしを受け入れてもらおうと、自分達を知ってもらおうと必死やったんよ、と。

「へぇ～、そんなことがあったんですね」

二人の馴れ初《そ》めを語り終えた千登世に、向かいの席で美玖がにんまりと笑みを浮かべた。

できるだけ淡々と事実だけを話したつもりだし、そもそも初対面の場には藤次郎もいたので惚気《のろけ》成分は限りなく低いはずだ。なのにそんな顔をされて、千登世は羞恥《しゅうち》に悶《もだ》えた。馴れ初《そ》め話なんて、そうそうするものじゃない。

「一目惚れか～、人生でなかなかないですよね。旦那さんの方が必死だったんだな～」

「いや、ホントにもう、どこをどう気に入られたのかは、今もよく分からないんだけど」

永之丞が必死に繋いでくれた縁だったと思う。

千登世はどちらかというと臆病な性格なので、自ら進んで未知のものに関わろうとはしなかっただろう。

「でも、怖くなかったんですか？　だって人にとっては、やっぱり常識の外の存在じゃないですか。能力も考え方も違う。動物は喋《しゃべ》らないし、妖力なんて非科学的。全部現実にはないからこそ、おとぎ話の中で楽しめるわけじゃないですか」

「それはまぁ、そうだね。私もすぐには信じられなかった。信じられなかったっていうか、呑み込めなかった？　自分が何か、幻覚でも見てるんじゃないかって、そう思った方がまだ自然だと思ってた」

でもそうだなぁ、と千登世は当時を思い返す。

びっくりした。簡単には受け入れられなかった。不安もなかったわけじゃない。でも、それでも。

「……怖いとは、あんまり思わなかったかも」

あの夜、このお礼は今度改めて必ずさせてほしいと永之丞に言われた。大したことじゃないのでと固辞したけれど、あまりにも彼が必死な様子だったのと、永之丞の腕の中の藤次郎に〝もう会ってくれないの？〟と切なそうに鳴かれて、ついその申し出を了承してしまったのだった。

「丞く……旦那さんの応対が、最初からこう腰が低いというか、こっちを怖がらせないようにものすごく気を遣ってくれてるんだなって伝わってきたのが大きいけど、子だぬきちゃんが本当に可愛かったから」

警戒心がなかったわけではないけれど、それを解いてしまうくらいの人柄が永之丞という一人の男性から滲《にじ》み出ていた。そう思うと、千登世も一目惚れというには少し足りなくても、きっと最初から永之丞を特別に感じる部分はあったのだろう。

「そうそう、お礼に美味《おい》しいって評判のおはぎをお土産《みやげ》にもらってね。本店のぜんざいも美味《おい》しいんだって話になって、次の約束をするっと取り付けられちゃったのを覚えてる。……今思うと私、食べ物に釣られたのかも？」

「花より団子？」

「ふふっ、そう。それにね、最初の頃はずっと弟くん同伴だったの。それも多分、まだよく知らない男性と二人きりは不安だろうっていう気遣いの一つだったと思う。弟くんがね、私にすっごく懐《なつ》いてくれてたのもあると思うんだけど」

時折、美味《おい》しいものを三人で食べに行く関係を数回。その後二人きりで花見に行かないかと誘われたのが、多分はっきりデートと言える初回のお出かけだった。彼の語るあやかしのことや、隠《かく》り世《よ》の話にはおっかなびっくりだった千登世だが、その頃にはもう永之丞自身にはなんの不審も抱いていなかった。人間とあやかしの別はなく、彼をただ〝いいひと〟だと好ましく思っていた。

「なるほど～、旦那さんの見せる気遣いにだんだんと絆《ほだ》されちゃったんですね」

「まぁ、そういうことになりますかね」

そろそろ恥ずかしさも限界だ。話題を変えて頂けないだろうかと千登世は熱い頬を押さえながら、満足そうな表情の美玖を盗み見る。

時計を確認すれば、昼休みも終わりに近い。会社に戻ろうと口を開きかけた千登世だったが、それより美玖が言葉を発する方が早かった。

「っていうかその弟さん、二人の恋のキューピッドですね」

確かに藤次郎の存在は、千登世と永之丞の仲を取り持つのに一役も二役も買っていた。出会いそのものが藤次郎あってこそのものだったし、その後も彼の可愛さが千登世の心を和《なご》ませ、永之丞と会うことへのハードルを下げてくれた。

恋のキューピッド、言い得て妙である。

4

「お義母《かあ》さん……！」

駆け足で上がり込んだ家の一室で、そのひとは横になっていた。膝を軽く曲げ、横向きになってそのまま極力動かないようにしているのが分かる。

「だ、大丈夫ですか⁉」

どう見ても大丈夫じゃなさそうなのに、焦ってついそんな声かけをしてしまった自分を千登世は瞬時に悔いた。

「あぁ、千登世ちゃん、急にごめんなぁ」

彼女は額に脂汗を浮かべているというのに、千登世に申し訳なさそうに謝る。

栗色の髪を左肩の上で緩く一つに纏《まと》めた、華奢《きゃしゃ》な女性。身に纏《まと》う着物はねず色で、黒い帯を締め全体にモノトーンに纏《まと》めているが、からし色の帯揚げが目を引いた。その差し色があることで秋らしさが出て、全体にメリハリのある装《よそお》いになっている。そして頭とお尻には、黒と茶色が斑《まだら》に混じった耳と尻尾《しっぽ》。

狸塚小菊《こぎく》。

彼女は永之丞の母親、つまりは千登世にとっての姑《しゅうとめ》だった。

千登世は本日、ＳＯＳの気配を察知して隠《かく》り世《よ》にある夫の実家を訪れたのである。

「慣れへん道で大変だったでしょ」

「いえ、大丈夫でした」

実は、一人で隠《かく》り世《よ》を歩くのは初めてだったのでちょっと、いや、大分不安はあったのだが、何事もなく無事に目的地に辿《たど》り着くことができたので良しとする。

「こんなん、後で永之丞に知られたら怒られるわ」

「黙ってれば分かりませんよ、今回は状況が状況だったんですから。それに、以前紫暢さんから頂いた魔除けのお守りもありましたから」

ガウンのポケットを上からそっと押さえる。そこには姿眩《くら》ましの効果も持った、お守りが入っていた。持っていると千登世の存在を希薄にしてくれるため、悪いものに見つかりにくくなるのだという。

先日、子どもの見目に警戒を怠り厄災を招くあやかしを家に入れてしまいそうになった一件を聞いた紫暢が、持っておくと安心だからとわざわざ手に入れてきてくれたものだった。

「それよりお医者さんには」

「もう見てもろうたんよ。まぁ分かっとったけど、ぎっくり腰やって。湿布はもらったから、あとは大人しくしてるしかなくて」

「そうしてください。洗濯とか、買い出しとか、何かやっておかなきゃいけないことありますか」

大変だろうと思ってそう訊《き》いてみたら、小菊は微かに首、というか顎《あご》を横に動かして断りの意を示してきた。

「家のことは大丈夫。今は出払ってるけど、ウチには男手が結構あるし。ただ……」

視線が部屋の外へ向く。最後まで言われずとも千登世にも察しがついた。

「じろちゃんですね」

「そうなんよ」

千登世が本日ここに来たのは、藤次郎がきっかけだった。

「今はどこに？」

「自室の押し入れに」

「そうですか……ちょっと様子を見てきますね」

「ごめんなぁ。しょうがないことやから、じろには可哀想やけど、千登世ちゃんは気にせんでええから」

その言葉に送り出されながら、廊下を進み、突き当たりを右に曲がる。

この家に来たことはまだ数えるほどだけれど、来るといつも藤次郎が遊ぼうと招いてくれるので、彼の部屋はきちんと把握していた。

「じろちゃーん」

辿《たど》り着いた部屋の前で、千登世は襖《ふすま》越しに声をかけてみる。

「…………」

だが、返事はない。

「じろちゃん？　入っていい？」

「どうぞ」

もう一度声をかけると今度は返事があったが、それはあのいつもの高くて愛らしい声ではなかった。高すぎず、かといって特別低いわけでもない。大人と少年の丁度中間を思わせる声色。

「九重くん」

「こんにちは、お義姉《ねえ》さん」

部屋にいたのは、狸塚家三男の九重。真っ直ぐなさらさらの黒髪に、鼻筋が通った綺麗な顔立ちをしている。狸塚家の面々は総じてお喋《しゃべ》り好きといった印象があるが、九重はその中では寡黙《かもく》な方だった。クールビューティーという言葉が千登世の脳裏を過《よぎ》る。

寡黙《かもく》と言っても慣れればお喋《しゃべ》りもしてくれるし、千登世に対する態度はいつも丁寧で、きっとモテるんだろうなぁと密かに思っていた。

「塾の時間は？」

「まだ大丈夫です。でも今日はクラス分けの試験日なんで、どうしても休まれへんくて」

「うん、聞いてる」

彼は人間界の学校に通っている高校三年生で、今年は受験があるのだ。大学もそのまま人間の大学に進学するつもりとのことで、今は連日塾に模試にと忙しくしているらしい。大切な時期なのだ。

「だから、オレはじろを連れてってやれないんですよ。でもじろは一人でも絶対に行くって聞かんくて」

「それは……」

「じろは前科者ですからね」

小さく息を吐きながら、九重の視線が押し入れに向かう。

本日、千登世がここを訪れた理由がそこにあった。というよりいた。

「この中にじろくんが？」

「はい」

がたがたバリバリ、先ほどから激しく襖《ふすま》が揺れている。それを見て、千登世は自分の思い違いに気付いた。

「あ、もしかしてこれ、籠城《ろうじょう》してるわけじゃない？」

「はい、そうです」

てっきり、抗議の意を示すため、あるいは拗《す》ねて怒った藤次郎が自らの意思で押し入れに立て籠《こも》っているのだと思っていたが、どうも違うらしい。

「今にも一人で飛び出していきかねない状態だったんで、咄嗟《とっさ》にオレが結界張って」

「なるほど」

「行く行く行く！　だって約束したもん！　行くって言った‼」

中からは涙混じりの大声が聞こえてきた。藤次郎はまだ納得できていないらしい。

藤次郎からの嘆きと怒りのお電話が、隠《かく》り世《よ》専用電話回線で繋がっている自宅の黒電話に掛かってきたのは、ほんのついさっきのことである。

「しょうがないやろ。母さんが辛そうなの、じろだって分かってるやろ」

「やったらぼくが一人で行く！　行けるもん！」

実は本日、本当なら藤次郎は小菊と外出の予定だったのである。前々から約束していたらしい。

けれど今朝になって小菊がぎっくり腰をやってしまい、そのお出かけの約束がおじゃんになってしまったのだ。唯一家にいた九重には塾で試験の予定があり、小菊の代わりに付き添うことはできない。

それでもどうしても諦められない藤次郎は、どうやら今は一人で行くと騒いでいるらしい。

「残念ながら、じろ、お前には信用に足る実績がないんよなぁ……」

「行き先が現世《うつしょ》だもんね……」

「はい」

藤次郎は過去に一度現世《うつしょ》で迷子になっている。その時は、変化《へんげ》が解けた状態で、うっかり人語を話してしまうという致命的ミスもやらかしていた。千登世と最初に出会った時のことだ。

藤次郎が一人で現世《うつしょ》に行くなんて、あまりに無謀すぎる。あやかしバレするのも非常に問題だが、害獣指定されているというのに、たぬきの姿で捕まったらどうなってしまうのか。

そもそも藤次郎があやかしでなかったとしても、小さな子どもに一人で遠出などさせられない。

「また次の機会にしよ、な？」

「次っていつ!!」

宥《なだ》める九重に、藤次郎は即座に噛み付く。

「いつあるの!!」

こういう時、子どもは簡単に言い包《くる》められてくれない。痛いところを、答えにくいところを突いてくる。

「いつとかはちょっと……兄さんが頑張って本を売れば、きっと、そのうち」

九重も苦しそうに濁《にご》すしかないようだった。

「分からへんのでしょ！　いつかなんて分からへんのに！」

藤次郎は今日をとてもとても楽しみにしていたのだ。

「それってもうないってことやもん！」

「いやいや、そんな言い切ったら、それは兄さんが可哀想やろ……」

「ぼくは！　今日！　行くって決めてたの！」

今日は藤次郎にとって、特別な日。

「今日だからやのに、だって今日は、丞にぃの記念日やのに……！」

そして、永之丞にとっても特別な日だった。

「じろちゃん」

今日は、小説家である永之丞のサイン会なのだ。現在現世《うつしよ》で手掛けているシリーズものの最新刊が出るに当たって、サイン会の企画が組まれた。

永之丞にとって、初めてのサイン会である。

それに行くと藤次郎は言っているのだ。大好きな兄の晴れ舞台を見たいと、自分もサインをもらうのだと。

ぐずぐずの泣き声に混じった藤次郎の訴えと、身動きが困難な小菊のことを知って、何か少しでも手伝えることがあればと千登世は単身この家までやってきたというわけである。

「じろちゃん」

「……千登世ちゃん？」

ここでようやく藤次郎は千登世の存在に気付いたらしい。少しだけ声がトーンダウンした彼に、絶対にそれでは納得しないだろうなと分かりつつも、ダメもとで千登世は言ってみた。

「サインなら、後で丞くんがしてくれるよ。メッセージも付けて、ちゃんと書いてくれる」

「それは違うんやもん……」

案の定、藤次郎はそれで良しとはしなかった。

「……だよね、そりゃそうだよね、違うよね……」

千登世が藤次郎の立場でもそういうことじゃない、と思っただろう。

どうしたものか、と九重と一緒に途方に暮れていると、押し入れの中からもごもご
と藤次郎の声が響いた。

「……んと、いく……」

「え？」

「じろ、なんて？」

涙混じりの声は聞き取り辛い。千登世と九重は二人して押し入れの向こうに耳を澄
ませる。

「ぼく、千登世ちゃんと行く！」

藤次郎から、ゆるぎない意志が込められた一言が飛び出した。

まず、パッと思いつくだけでも大きなリスクが二つある。
一つ、隠《かく》り世《よ》から現世《うつしよ》まで、お守りがあるとはいえ、千登世が子連れで何事もなく
辿《たど》り着けるか。
一つ、あやかしである藤次郎を、あやかしバレさせずに目的地まで連れていけるか。

前半の問題はさくっと解決した。九重が塾に行くのと一緒に、現世《うつしよ》までエスコートしてくれることになったのだ。

問題は後半だ。九重も永之丞のサイン会の会場までは一緒に行けない。途中からは、千登世一人で藤次郎を連れていかなければならない。

人間であっても、小さな子と一緒に外出する際は気を抜けないものだ。ましてや千登世は小さい子の面倒を見た経験がほとんどない。

それに家の中で藤次郎を見ているのと、人が沢山いる外へ出かけるのでは、また全然ハードルの高さが違う。

「これ！　こないだ買ってもらったの！」

自分で出した名案ですっかり機嫌を直した藤次郎は、千登世に満面の笑みで一冊の本を差し出した。

藤次郎が見せてくれたのは、サイン会が企画された永之丞の新作小説。

あやかしの主人公が人間界の美味《おい》しいものを楽しむという親しみやすい内容のエンタメ小説なので、読者層も広く人気がある。

けれど、まだ六歳の藤次郎には漢字も多いため、中身は読めていない。それでも彼は満足そうだ。

藤次郎曰《いわ》く、表紙の絵が可愛くてほんわかしてて好きとのこと。

中身が読めなくても彼にとって兄の本は宝物だし、その宝物にサインがほしいし、サインをくれる特別な場所で兄をお祝いしたいのだ。

そんな藤次郎を見ていれば、千登世だって協力したい。この笑顔を守りたい。

「お義姉《ねえ》さん、最悪の場合、これにじろを詰めて凌《しの》いでください」

「う、うん」

藤次郎の望みを叶えてやりたいのは九重も、きっと小菊だって同じだ。二人は千登世よりもずっとずっと藤次郎が楽しみにしていた様子を見ていたはずである。

藤次郎は三人の兄の中でも永之丞に一等懐《なつ》いているという。買ってもらった本は寝る時も一緒で、お風呂の時でさえ脱衣場までは持ち込んでいたのだとか。

そしていつもならなんでも永之丞に話してしまう藤次郎が、サプライズにするために、サイン会に行くことを隠し通したのである。

あまりに健気《けなげ》ではないか。

ここまで事情を知った上で、ノーを突き付け続けるのは難しかった。リスクを理解していないわけではないが、千登世は藤次郎を連れてサイン会に行く覚悟を決めた。

「じろは年の割には変化《へんげ》の能力は高いです。ただ、やっぱり興奮しすぎたりすると、本人も気付かないうちに耳とか飛び出てることがあるんで」

「分かった。注意して見とくね」

「完全に獣《けもの》の姿になることはまずないと思います。けど、もし何か危ういことになった場合は、むしろ獣化《じゅうか》してもらってください。人型の六歳児ってそれなりに重いんで」

たぬきの姿なら、千登世でも楽に抱えることができる。リュックに入ってもらえば、姿も隠せるというわけだ。

「何かあったら迷わず連絡してください。番号は……」

「ちゃんと登録してるよ」

「塾やとかテスト中やとか、受験生やのにとか、そういうのは一切気にしなくていいんで。今回のこれは、ウチがお義姉《ねえ》さんに無理言って頼んでることですから」

九重に神妙な面持《おもも》ちでそう言われ、千登世もこくりと頷きを返す。

「そういう事態にならないように全力で臨《のぞ》むけど、万が一の時はじろちゃんの安全が一番だから、ちゃんと連絡させてもらう」

「はい。まぁ電車乗って本屋行くだけなんで、普通に考えたらなんも起こらんと思うんですけど」

そう言って、九重は藤次郎に顔を向けた。

「じろ！」

「九にぃ？」

リュックを背負って準備万端な藤次郎が駆け寄ってくる。九重はしゃがみ込んで藤次郎としっかり目線を合わせ、両の二の腕をぎゅっと掴んで一言一言区切るように話し聞かせた。

「お義姉《ねえ》さんの言うこと、ちゃんと聞けるな？　絶対の絶対に言うこと聞くんやよ。それから、手を離さないこと、勝手にどこにも行かないこと。約束できるか」

「する!!」

お手本のような元気で素直な返事をした藤次郎は、満面の笑みで千登世に向かって小さくてふくふくした手を伸ばした。

「千登世ちゃん、行こ！」

「じろちゃん、あと三回停まったら降りるからね」

「うん」

電車では小さい声でね、という約束をしっかり守っている藤次郎は、ひそひそ声ながらもしっかり千登世に頷き返した。

現世《うつしよ》へ出た後、九重と別れ、駅までの道のり、ホームでの待ち時間、急行列車への乗車と、今のところ問題は起きていない。極めて順調だ。

けれど千登世の胸はさっきからドキドキして仕方がない。もちろんときめきではなく、緊張の方だ。

藤次郎の頭には、くま耳が付いている可愛いデザインのキャスケット。よく似合っているが、おしゃれのためというよりも万が一に備えての装備だった。

これなら耳が飛び出ても隠せるし、万が一たぬきの耳を見られてしまった時も見間違いじゃないですか？　と押し切れる。いや、押し切る。

服はぶかっとしたオーバーオールで、もし尻尾《しっぽ》が出ても服の内側に隠せるくらい余裕のあるものを選んだ。

だから、きっと、大丈夫。

「千登世ちゃん、整理券なくしてない？」

「なくしてないよ」

この確認は何回目だろう。特定の書店で配布されたサイン会の参加券は、家を出る時に千登世が預かった。一人一枚必要なものだが、藤次郎の年齢は保護者同伴が必須なので、一枚の参加券で問題ない。

「丞にぃ、びっくりするかな？」

「絶対するね〜」

「千登世ちゃんがいたら、きっとびっくり二倍！」

心配性の永之丞だ。千登世が藤次郎と二人で来たと知ったら、後でお小言が待っているかもしれない。

　でもまぁ、それはそれ。

　きっとびっくりして、慌てて、恥ずかしがって。でもそれをなんとか抑え込んで、藤次郎の差し出した本にサインをしてくれるだろう。

　その様子が目に浮かぶようだった。

「千登世ちゃん、三つ目、ここだよね」

「うん」

　サイン会があるのは都会の真ん中の大きな書店だ。ビル一棟が丸々書店となっている。当然降車駅も大きな駅で、人通りも激しい。ここからは一層気を引き締めなくてはならない。

「じろちゃん、電車とホームの間は、隙間が開いてるからね。危ないから抱っこしようか？」

　そう言ったら、ちょっと不満そうな顔をされてしまった。

「ぼく、そんなに赤ちゃんじゃないよ。へっちゃらだよ！」

　千登世には、この年頃の子どもにどれだけの手助けが必要なのか分からない。けれどなんでも自分でやりたい年頃であること、同時に本人の〝できる〟という言葉を鵜《う》呑《の》みにしすぎても良くないことは分かっていた。

子育てとは本当に大変なことだ。正解や経験がない中、親の抱える不安は如何《いか》ほどのものだろうか。まだぼんやりとした想像しかできないものの、いつか自分も当事者になるかもしれないと、千登世は少し先の未来へ思いを馳せた。


藤次郎の持っている参加券の番号は五十番。丁度折り返しの番号らしい。普段お客さんはほとんど使わない店舗の階段に並んで、二人は順番を待つ。

「参加券、全部捌《さば》けてたね。人気なんだね」

「ね！」

周りをぐるりと見渡すと、二十代から三十代くらいの女性が多い。けれど中には、学生、初老の男性、四十代くらいの女性にスーツ姿の男性までと読者層はなかなかに幅広い。

こんなに沢山の年代の人に男女問わず読まれているなんて、しかもサイン会にまで来てくれるなんて、本当にすごいことだなと千登世は心から感心した。

千登世は創作物に関しては受け取る一方だ。なので、想像の世界を作り上げ、それを現実に生きる全くの他人に受け渡すことができる人達を尊敬している。

さて、そんなバラエティに富んだファン達の中でも、やはり藤次郎のような幼い子どもは他に見当たらなかった。なので必然的に目立ってしまっている。

藤次郎はリュックから取り出した小説を大事そうに抱えているので、このサイン会を目的にしているのは千登世ではなくこの幼い子の方なのだと、誰の目にも明らかだろう。

「可愛い」

「本当に読んでるのかな？」

「お母さんに読み聞かせてもらってるんじゃない？」

そんな声が時折あちこちから漏れ聞こえてくる。

「じろちゃん、あのね」

藤次郎のキャスケットのポジションを直すフリをしてしゃがみ込んだ千登世は、そっと彼に語りかけた。

「サイン もらう時ね、丞くんはいつもの丞くんじゃなくて？」

「えっと」

これはもともと家でもしっかり言い聞かせていたことらしい。

藤次郎はきっと会えば嬉しさそのままに、いつもの通り丞にぃと呼びかけてしまうだろう。

けれど、そこにいるのは作家としての永之丞だ。周りもそういう永之丞に会いに来ているし、同時に無闇矢鱈《むやみやたら》と個人情報を振り撒くべきではない。

けれど、それを藤次郎に理解してもらうのはまだ難しいだろう。

だから。

「人間の世界の丞にぃは、世をしのぶ仮の姿やから、本当のことは秘密にしないとダメ」

ということになっている。

「そうなんです」

でもあながち間違いってはいない。むしろほとんど真実と言ってもいい。永之丞はあやかしという己の正体を隠し、人間界で人間のフリをして作家生活を送っているのだから。

「ぼくが丞にぃの弟ってこともしー！　なんでしょ？」

「トップシークレットだからね」

「うん！」

人は得てして、秘密や特別感が好きなものだ。子どもは特に、きっとそう。

「黙ってこっそり会いに行って、びっくりさせようね」

「整理券番号、三十番から四十番の方までこちらへどうぞー」

階上からスタッフの声が響いてくる。

藤次郎と指切りを交わして、二人はまた一段階段を上がっていく。

　そうして――

「せんせい、サインください！　なまえは藤次郎です!!」

「じっ、とせ……⁉」

　二人は目論見《もくろみ》通り、永之丞へのサプライズを成功させたのだった。

　驚きのあまり椅子からずり落ちそうになった永之丞だったが、なんとか二人の名前を叫ぶのは耐え、ファンに対する作家の顔を装《よそお》ったのはさすがだった。

「ホンマにもう……」

　向かいの席で、胸元を押さえて深く息を吐く永之丞。

「心臓潰れるかと思った」

「内緒の計画だったんだって」

　あの後、小声で〝終わるまで待っとって〟と言われた二人は、広い店内をぐるりと回りながら時間を潰した。

　やがてサイン会を終えた永之丞がこっそり二人に近付いてきて、二つある書店の入り口のうち、正面ゲートではない方から退店した。そうして、ひと仕事終えてお腹が空《す》いたなぁと永之丞が言ったのをきっかけに、近くのレストランにやってきたのだ。

「それにしたって、まさかとせちゃんとじろの組み合わせで来るとは思わんもん」

「丞にぃ、びっくりした？」

永之丞の隣で、藤次郎が兄を見上げて訊《たず》ねる。

「めっちゃした」

「ぼくが来たの嬉しかった？　それとも……あかんかった？」

「いやいや、あかんことなんてなんもあらへんよ。嬉しかった。まさかじろが、こんなに応援してくれてるとは知らんかったなぁ」

兄の大きな手が、弟の頭を柔らかく何度も撫でる。

藤次郎くんへ、と美しい筆跡で書かれたサイン本は、今は小さな紺色のリュックに大切に大切にしまわれている。

「丞にぃ、サイン会初めてやったんでしょ？　初めてのことは記念になるから、だからうんとお祝いしないと！」

「そうか、それでじろがお祝いに駆けつけてくれたんやな」

「うん！」

「ほら、じろ、熱々のうちに食べてまい」

永之丞が促《うなが》すと、藤次郎はフォーク片手に目の前のお子様ランチに集中し始めた。

「それで、母さんの具合はどうやった？」

小菊のぎっくり腰については簡単にしか伝えていなかったので、千登世は改めて自分が見てきた様子を説明する。

「病院にも行ったし、お義母《かあ》さんはじっとしてれば大丈夫だって。家のことも大丈夫だって言うんだけど……」

狸塚家には男手があるからと言っていたが、常に誰かが在宅してくれているわけではないだろう。

「でも、立ち上がるのもままならないような状態だったし、手伝いに行った方がいいよね？」

「いや、まぁあの家、母さんの言う通り手はある方やから。……でもじろもまだ小さいし、ちょっと考えた方がええかもしれんね」

「九重くんも受験生なわけだし」

「うーん、そうやなぁ……いやでも、いいんよ、とせちゃんは会社もあるやろ。俺の方が時間に融通《ゆうずう》利くし、そもそもウチの問題やし」

「ウチの問題って……結婚してるんだよ、他人事《ひとごと》じゃないよ。そうでしょう？」

確かに仕事を疎《おろそ》かにはできないが、やりようはあるはずだ。皆で協力しようという時に、千登世だけ何もしないでいるのは心苦しい。

それに、〝ウチの問題〟という言い方も引っかかった。永之丞が千登世の負担にならないように気を遣ってくれているのは分かるけれど、二人は、そしてお互いの家族はもうただの他人ではない。

「紫暢ちゃん、泊まりにくるって言ってた！」

そこに無邪気な声が割り込む。

「あ、そうなん？　それやったら心配ないかな」

それを聞いた途端に、永之丞は眉間の皺《しわ》を消した。

「いやでも、紫暢さんにも都合が、こう、色々とあるんじゃ……？」

しかし千登世としてはそう簡単には割り切れない。

実のところ千登世は紫暢がどこに住んでいるのか、普段何をしているのか、それどころか実年齢や家族構成すら知らない。だが、紫暢にだって自分の生活があるはずだ。

「いや、紫暢ねぇはな、ホンマにふらっと来てはウチのこと宿代わりにしたり、イトコ達相手に技掛けたり、ギリギリの遊び教えたりと好きにやってるんやけど、その分こういう時は誰より動いてくれるんよ。なんて言うん、持ちつ持たれつ、みたいな」

「そう……？」

「だからそこは気にせんで大丈夫」

お酒片手にふらふらしてるだけちゃうんよ、と永之丞は苦笑した。

手が足りているなら、それはいいことだ。下手《へた》に押しかけて迷惑になってもいけない。

そう思っても、やはり嫁としては何もしないでいるのは気になるが。

「あぁ、じろ、ほっぺについてんで」

「えぇ？」

「ほら、じっとしとき」

その声につられて藤次郎を見ると、お子様ランチのパスタの赤いソースがぷよぷよの頬に飛んでいた。

永之丞がそれを紙ナプキンで丁寧に拭ってやる。

微笑ましい光景だ。永之丞がこうやって弟達の世話を焼いているのを見るのが、実は千登世はとても好きなのだ。

「……とせちゃん？」

あぁ、そうかと思う。

先日、子どものあやかしを彼がぴしゃりと追い返すのを見て、心が冷えた。後から理由を知れば、永之丞の対応は間違っていなかったのだと理解できたが、それでも、あの時の永之丞にショックを覚えたのは事実だった。

でも、千登世はちゃんと知っている。

永之丞が優しいこと。彼が普段、小さい子にどう接しているか。

いつだって、こちらに寄り添おうとしてくれている。

千登世は、永之丞のそういうところを好きになったのだ。

彼や隠《かく》り世《よ》について知らないことがまだ沢山ある。知って、怖くなってしまうことがこれからもあるかもしれない。

でも、千登世は一人ではないのだ。いつでも隣には、永之丞がいてくれる。だから、そんなに心配することはないのかもしれない。

「とせちゃん！」

「えっ」

物思いに沈んでいたところを、強めの呼びかけに引き戻された。千登世が永之丞を見返すと、彼は四人掛けのテーブルの一つ空《あ》いた席に視線を向けていた。

「電話、鳴ってへん？　鞄から音してるような」

「え、あ、ホントだ」

言われて千登世も気付く。椅子の上に置いていた鞄の中から、低い振動音。

取り出して、相手を確認した千登世は、そのままスマホを鞄に戻した。

「出えへんの？」

「うん」

「迷惑電話かなんか？」

「いや、お兄ちゃんだった」

電話の相手は、千登世の兄だった。兄弟の多い永之丞のところと違って、こちらは二人きりの兄妹だ。

「そんなら出な」

永之丞にはそう言われたが、千登世は鞄に手を伸ばさなかった。

「いや、いいのいいの。今、食事中だし」

「そやけど、なんかあったとかやったら困るんじゃ」

なおも言い募《つの》られたが、ゆるゆると首を振る。

「大丈夫、後でかけ直しとく。もし緊急の用事だったら、間髪容《かんはつい》れずにかけてくるだろうし」

「そうなん？　やったらええけど……」

千登世の前にはシーフードグラタン、永之丞はカツレツ。どちらの料理もまだ湯気を上げている。

千登世はスプーンを持ち直し、ぷりっとしたエビと共にホワイトソースを掬《すく》った。

食事は熱々のうちに頂くに限るのだ。

第三話　大きいもふもふ、小さいもふもふ

1

風がなくても、色付いた葉が止め処なくはらはらと宙を舞う。千登世と永之丞の新居にある小さな庭も、落ち葉で地面が埋め尽くされている状態だった。

「昨日も掃いたのになぁ」

千登世は箒《ほうき》片手に、午後の薄曇りの空を見上げる。視界に入る木々の枝は随分寂しいことになっていたので、この落ち葉ラッシュもそう長くは続かないだろう。

厚手のセーターを着込んで、首にはマフラー。吐く息が白く見えるほどではないが、外気に晒《さら》された頬はそれなりに冷えている。

「あっという間に冬になっちゃうんだろうな」

寒いのはあまり得意ではない。けれど、今の千登世にはとっておきのあったかアイテムがついている。永之丞の尻尾《しっぽ》は普段から魅惑のもふもふではあるのだが、この時期になると〝冬毛〟という更なるプレミアが付いた状態になってくれるのだ。

「防寒具扱いしたらさすがに怒られちゃうか」

とは思うものの、冬仕様の尻尾《しっぽ》を想像すれば、寒さへの憂鬱《ゆううつ》もいくらか吹き飛ぶというものだった。

千登世が尻尾《しっぽ》に思いを馳せながらひたすら箒《ほうき》を持つ手を動かしていると、不意にインターホンの音が届く。

「今の、ウチだ」

鳴り響いたのは、現世《うつしよ》側のインターホンだ。しかし今日は、来客の予定はない。宅配便だろうか、でも妙な勧誘とかだったら嫌だなと思いながら、千登世が家屋の陰からこっそり表を覗いたら――

「ぎゃっ」

隠密行動は自分の出した声によって秒でおじゃんになった。

「おっ、千登世」

門の前に立っていたのは、よく知った相手だった。

「お、お、お兄ちゃん！」

見間違えようがない。

五つ年上の兄、高千《たかゆき》がスーツ姿でそこにいた。

「え、えっ、なんで？」

まさか突然兄が訪ねてくるとは思っていなかったので、千登世は動転してしまう。

「なんではないだろ、この間、連絡入れたじゃないか」

すらりとした立ち姿。兄妹だけれど整い具合の違う、爽《さわ》やかな顔立ち。どんな時でも余裕を感じさせる涼し気な笑みは、いつでも標準装備されている。

女性にさぞおモテになるんでしょうね、というこの美男子が千登世の兄なのだ。

「え、連絡入れたって、あの近々出張で近くまで来るかもしれないってやつ？」

先日、藤次郎と一緒にサイン会に行った時のことだ。食事中にかかってきた兄からの電話を、千登世は取らなかった。やはり緊急の連絡ではなかったようで、しばらくしてからアプリにメッセージが届いていたのだ。

「そう。日程もちゃんと連絡しただろ？」

確かに、兄からは近くまで行くから良ければ顔を見たいという旨の連絡がきていた。それに対し、千登世はのらりくらりと返答を濁《にご》していたのである。

「わ、私、家にいるか分かんないからって返した」

「だからダメもとだよ。いなかったらまぁそれまでだし。土産《みやげ》買ってきたから、できれば渡したかったんだ」

だが、この兄にそんな逃げの姿勢が通じるわけがなかった。自分が決めて行動した結果なら、実りがなくてもまぁ仕方がないと納得するタイプだ。

〝しない後悔より、する後悔〟。高千はよくそう口にしている。

「忙しいか？」

「……いや、そこまでじゃないけど」

千登世は手にしていた箒《ほうき》を玄関の引き戸の脇に立てかけ、兄を家の中に招いた。

「新居にお邪魔するの、二回目だな」

「そうだね、ここにするって決めた後に、一回お父さんとお母さんと見に来て以来？」

「うん」

二人して洗面所で手洗いうがいをしてから、千登世は兄を居間に案内した。

「お湯沸かすからちょっと待って」

お茶がいいだろうか、それともコーヒー？　紅茶？

迷っていると、高千が紙袋を差し出す。

「お土産《みやげ》、これ」

「あ、うん。ありがとう」

紙袋には漢字で何やら店名が書かれているが、千登世の知らない店だった。けれど名前や袋の雰囲気から和菓子系だろうということは分かる。

「千登世は粒あんより、こしあん派だろ」

千登世は日本茶を出そうと決めて、茶簞笥《だんす》から急須を取り出した。

「お兄ちゃんは粒あんでもこしあんでも、こだわりない派だよね」

「そうだな、どっちも美味《おい》しく頂ける。永之丞くんは？」

「丞くん？　どうだろ、その日の気分って感じもするけど……」

話題が永之丞に及んだことで、座布団の上に腰を下ろした兄がそわりと首を巡《めぐ》らせる。その様子を見た千登世は、兄に告げた。

「丞くん、いないよ」

「え」

「仕事の打ち合わせなんだって。夕方まで帰ってこないって聞いてる」

今日は日曜だが、フリーランスである永之丞に世の休日はあまり関係ない。ついでやから夕飯は何か買って帰るわと言ってくれたので、千登世は本日ごはんを炊く以外は何もしない予定である。

「なんだ、永之丞くんいないのか。会えるの楽しみにしてたのに。夕方まではちょっと無理だな……」

兄はつまらなさそうな顔をしたが、千登世は内心ホッとしていた。永之丞は現世歴《うつしよ》が長く臨機応変に対応する術《すべ》も持っているとはいえ、あやかしである彼と兄が相対する状況は緊張する。

永之丞が下手《へた》を打つとは思わないが、千登世の兄は頭の回転がすこぶる速いし、妙に勘が冴えていたりするのだ。思わぬところから違和感を嗅ぎ付けられそうだし、バレたら誤魔化すのが難しい相手だ。

記憶を弄《いじ》るという方法もあるだろうが、千登世としてはできればそういう強硬手段は取りたくない。

そんな理由もあって、千登世はあまり気軽に兄を家に招きたくなかった。

「この間まで海外にいたと思ったけど、今回は国内出張なんだ？」

高千は外資系の企業に勤めていて、連絡を取れば実は海外だったなんてこともザラにある。ついひと月前まではアメリカのアトランタにいるらしいと、母親経由で聞いていた。その前は東欧の国をいくつか回っていたようだし、世界を股にかける男なのだ。

「仕事、忙しい？」

急須から玉露を注《そそ》いで、兄がくれた土産《みやげ》の和菓子と一緒に出す。千登世の問いかけに、高千は軽く頷いてみせた。

「とんでもなく。でも楽しいよ」

充実しているのだろうなぁ、と思う。千登世なんて、仕事はただの生活の手段だ。きっちりやりたいと思うし成果が上がれば嬉しいけれど、夢ややりがい、情熱といったものはない。

まぁ仕事に求めるものは人それぞれだし、と千登世は兄の向かいに腰を下ろして、頂いた和菓子に手を付けた。一口食べれば、求肥《ぎゅうひ》となめらかなこしあんのマリアージュに、口の中が幸せになる。甘さがすっと舌に染み込む感覚が堪《たま》らなかった。

「永之丞くんは小説家やライターをやってるんだろ」

「え、うん」

今日不在なのは残念だけどさ、と高千は続けた。

「そういうところも含めてさ、永之丞くんって自分とはタイプが違うというか、オレの知らない世界を知ってる感じがするから、一回じっくり話してみたいんだよな」

まぁ仕事の業種どころか、生き物としての種族が違いますからね。人間じゃなくてあやかしですし。

口が裂けても言えないので、心の中だけで千登世はこっそり呟く。

バイタリティ溢《あふ》れる兄は、永之丞とも親交を深めたいのだろう。この兄と千登世は兄妹であっても、性格は正反対だ。千登世と違い、高千は人見知りも物怖《お》じもしない。案外、知れば千登世よりもずっと早くあやかしや隠《かく》り世《よ》に馴染めるかもしれない。

「それに、千登世の普段の様子も知りたいし。……上手くやってるか？」

高千は多分、兄として妹を心配しているのだろう。

だが、気にかけてくれるのはありがたい反面、放っておいてほしいという気持ちもあった。千登世だってもういい大人なのだ。それなりに生きていく術《すべ》は身につけている。

「やってるよ、丞くんはいい旦那さんだし、私も頑張ってる。探りを入れなくても大丈夫です」

「迷惑かけてないか？」

「気を付けてます。何、お兄ちゃん、小舅《こじゅうと》しにきたの？」

「いや、そういうつもりはないけど、割にスピード結婚だったしな。いや、永之丞くんは人柄の良さが最初の挨拶《あいさつ》の時から滲《にじ》み出てたからあんまり心配はしてないんだけど、でも新しい環境なわけだろ？　オレも父さんも母さんも、千登世が上手くやれてるか心配してる面はあるよ。気負いすぎてるんじゃないかとか」

「……心配してくれてるのはありがたいけど」

まだまだ半人前扱いなんだな、とも思ってしまう。

たまたまのことだが、千登世は今日ここに永之丞がいなくて良かったとそっと息を吐く。目の前で永之丞にあれこれ探りを入れられたら、堪《たま》らなかった。

身内というのは近しいからこそ、煩《わずら》わしく思うところもあるものだから。

2

「千登世ちゃん、これ、これも見て！」

座卓の上いっぱいに広げられた色とりどりの紙片。

藤次郎が次から次へと新しいものを手に取っては千登世に差し出す。

「これはね、まだ先。クリスマスくらいにやるやつやけど、シリーズものでね、漫画とか本とかも沢山出てて」

「人気なんだねぇ」

描かれている猫耳の生えた少年は、キャスケットを被り、右手には虫眼鏡。探偵ものらしく、今回も難事件に挑むのだと煽《あお》り文が付いている。

千登世が眺めているのは、映画のチラシだった。

先日藤次郎が紫暢と一緒に行った、綺羅星《きらぼし》キネマで上映予定のあるものだ。千登世と一緒に行けなかったことを大層残念がっていた藤次郎は、沢山チラシを持ち帰ってきてくれたのだ。

今日はそれを二人で眺めている。

子ども向け、恋愛もの、バトルもの、感動系、ホラー、ミステリーにサスペンス。

「すごいなぁ、こんなに沢山上映してるんだ。見てるだけでわくわくするな、これがスクリーンから飛び出して、実際に身に迫るみたいにリアルに、熱いとか冷たいとか、そういうのまで体感できるんだもんね」

「どれか観たいのあった？」

「う～ん」

訊《き》かれて、改めてチラシを眺める。

あまり派手なのは、永之丞が心配していたように千登世には刺激が強すぎるかもしれない。永之丞が手軽にやってみせるちょっとしたあれこれでも、驚き通しなのだ。

あやかし達が娯楽として刺激を求めて楽しむものだと思えば、チラシに派手に炎が踊っていたりするものは避けるのが無難かもしれない。

「そうだなぁ」

あやかしが作るホラー映画は、なんだかものすごく怖そうなのでパス。というか、本当のことだったらどうしようと不安になりそうだ。

恋愛ものは観ないわけではないが、千登世はどちらかというとコメディものが好きなのだ。映画館では沢山笑って気分転換をして、ストレスを発散するのである。

「これとか……これ？」

「それねぇ、えっと、来月のやつで、こっちは今もうやってるよ！」

「あ、ホントだ」

千登世が選んだチラシには、一枚目は師走《しわす》公開、二枚目には霜月《しもつき》中旬とあった。

「丞にぃと一緒に行く？」

「そうだね。おねだりしてみようかな」

二人して視線を居間と続きになっている台所へ向ける。

そこには夕食の準備をしている永之丞の背中が見えた。トントントンと軽快で心地のいい、包丁がまな板を叩く音がする。

「今日のごはん何かな」

「メインはなんだろうね、でもごはんは炊き込みごはんにするって言ってたよ」

「炊き込み！　好き！」

聞いた途端、藤次郎の顔がぱぁっと輝く。キノコたっぷりの炊き込みごはんにすると言っていたので、千登世の口の中にもじゅわりと唾液が滲《にじ》んだ。

「美味《おい》しいよね〜」

「うん！」

そういえば藤次郎は好き嫌いがないな、と思う。これまで何度も一緒に食事をすることがあったが、ピーマンもキノコもチーズも魚も、なんでも抵抗なく口に入れていた。

大人になった今は克服したものも多いが、千登世が藤次郎くらいの年の頃には、苦手な食べ物がそれなりにあった。なんでも食べられるのは健康に良いし、作る側も避けたり工夫を凝《こ》らしたりする必要がなくて助かるだろう。

「二人とも、そろそろできるから机の上片付けてー」

「はーい」

言われて、二人して広げたチラシを集めていく。

「千登世ちゃん、キネマ行ったらどんなだったかおしえてね」

「うん、分かった」

じゅわじゅわと台所から美味《おい》しいものを作っている音が届く。藤次郎のお腹がくぅと可愛らしく鳴いて、二人は顔を見合わせて笑った。

「やった、コロッケだ」

「何コロッケ？　何コロッケ？」

食卓に登場したメニューに、千登世と藤次郎は歓声を上げた。

香ばしく揚がった俵《たわら》型のコロッケは、見ただけでサクサクの食感だろうなと期待が高まる。

「クリームコロッケやよ。中身はキノコとベーコンです」

「えぇ～、最高の組み合わせ」

聞いただけで、まだ食べてもいない千登世の口の中が幸せな心地になる。隣の藤次郎もテーブルから身を乗り出して目を輝かせていた。お尻では尻尾《しっぽ》がぶんぶん風を切っている。

「これが市販のじゃなくて、手作りなんだもん。もう頭が上がらない……」

そう、永之丞の揚げ物は一から手作りのことが多い。

「ははっ、まぁ今日はちょっと気合入れて作ったからなぁ」

千登世は揚げ物を作るのがあまり得意でない。油跳ねが怖いのと、どうしても衣が油を吸ってしまいカラッと揚がらないのだ。

それに、揚げ物は作った後の片付けも大変だ。なのに、永之丞は度々メニューに入れてくれるのである。

そこでふと、上手くやれているのか、迷惑をかけていないかという兄の言葉が、脳内を過《よぎ》った。どちらかに負担がかかりすぎないように家事は分担しているつもりだが、料理に関しては永之丞の方が丁寧でちゃんとしていて、千登世ばかりがその恩恵に与《あずか》っている気がする。

「ほら、藤次郎も座り。熱々のうちが一番美味《おい》しいから」

「はーい、いただきます！」

「うん、どうぞ。いただきます。……ほら、とせちゃんも」

「あ、うん！」

自分ももう少し、できることを増やした方がいいのかもと思いながらも、永之丞に促《うなが》され千登世は手を合わせた。

「いただきます」

ではさっそく、とコロッケに箸《はし》を入れる。箸《はし》先が衣に触れた瞬間、サクッとした感触が伝わってきた。美味《おい》しさの期待値が跳ね上がる。割れ目からは、揚げたてと言わんばかりにほかほかと湯気が上がった。

あぁ、もう絶対に美味《おい》しい。

わくわくしながら口に運ぼうとした千登世だったが、その直前で手を止めた。

「あ、じろちゃん待って」

隣の藤次郎に目が留まったので。

「待って、コロッケ、一口に割って、ふーふーしてからにしよ」

藤次郎はコロッケを丸々そのまま口元に持っていこうとしていた。切り分けるという行為が難しかったのかもしれない。だけど、さすがに揚げたてをそのまま無防備に口に入れたら、火傷《やけど》してしまう。

「あぁ、そやなぁ。じろ、熱々やからそのままやったら火傷《やけど》してまうわ。ちょっと冷ましてからにしよ」

「分かった！」

「ほら、貸してみ」

向かいから永之丞の腕が伸びてきて、子ども用の小さなフォークを大きな手で器用に操る。

「丞くん、私がやるよ」

着物の袂《たもと》が皿についてしまうのではと千登世は慌てて手を伸ばしたが、ええよええよとそのまま永之丞は服を汚すことなく作業を終えた。

「じろ、ふーふーしてからやで」

「うんっ」

言われた通り念入りに息を吹きかけて、藤次郎がクリームコロッケを頬張る。途端にその顔が輝いて、見ている方にも美味《おい》しい気持ちが伝わってきた。

「それでは私も」

続いて千登世も頂けば、途端に顔中の筋肉が緩んだ。

「キノコとベーコンの旨み、それを受け止め包み込むクリーム。全てが合わさって最高の一品……」

「そんだけ褒《ほ》めてもらえると嬉しいなぁ。作った甲斐があるわ」

「いやホント、とんでもなく美味《おい》しいです」

「千登世ちゃん、炊き込みも！　炊き込みも美味《おい》しいよ！」

藤次郎に急《せ》かされて、次はお茶碗に手を伸ばす。

「キノコ、ニンジン、ゴボウ、ツナ……」

パッと見ただけで、具沢山なのが分かる。しかも、千登世の好きなマイタケがたっぷり入った炊き込みごはんだ。

「ん～、こっちも絶品！」

「ぜっぴん！」

「ね、美味《おい》しいね、じろちゃん」

「味、ちょっと薄ないか心配してたけど、そんなこともなかったね」

「丁度いいよ」

この他にも、グリーンサラダに大根と小ネギのお味噌汁、常備菜の小松菜とじゃこの煮びたし。実に贅沢《ぜいたく》なメニューである。

「そういえば」

ご機嫌で食事を続けていると、不意に何か思い出したように永之丞が口を開いた。

「この間は残念やったわ」

「残念？」

なんのことだろう、と千登世は小首を傾げるが、

「お義兄《にい》さん」

と言われて、あぁそのことかとすぐに納得する。

「せっかく来てくれたのに、ホンマ、間が悪かった」

「いやいや、向こうの都合で来たんだし、しょうがないよ。丞くんが気に病《や》むことじゃないし、本人も全然気にしてなかったし」

あの日、兄は千登世と一通り世間話をして帰っていった。しばらくは国内にいるらしいが、その間も色々な地方に出張すると言っていた。本当に忙しい人なのだ。

「それに私も本当に来ると思ってなかったというか、丞くんにちゃんと日程伝えてなかったから。あんまり気にしないで」

「でもお土産《みやげ》のお礼も言えてへんし……いや、忙しい人なんは分かってるんやけども」

「それも私がメッセージ、ちゃんと送ってるから大丈夫。お兄ちゃん、こっちから電話しても繋がらないこと多いんだよ。でも仕事柄仕方ないって、お互い分かってるし」

就職と共に高千が家を出てから、顔を合わせる機会は極端に減った。それでも、高

千は忙しいながらも自ら家族とコンタクトを取ろうとする方だし、長い休暇には予定をやりくりして、たとえ一日でも顔を見せにくる。

「気にしてはらへんのやったらいいねんけど、お義兄《にい》さん、俺のこと、チェックしていきたかったんちゃうんかなぁ」

「ええ？　チェック？」

また何やらよく分からない単語が出てきたぞと思っていたら、永之丞は笑って言った。

「だって可愛い妹のことやん、心配やん？」

それはまぁ、家族として心配はされていると思う。千登世だって、多忙な兄が身体を壊していないかと心配にはなるが。

「いやいやいや、むしろ逆だったよ。私が丞くんに負担をかけてないか、心配してたし」

「そんな照れんでも」

照れているわけじゃないし、高千だってシスコンではない。そう言おうとした千登世の言葉は、無邪気でキュートな声に遮《さえぎ》られる。

「丞にぃ、おかわりー！」

藤次郎がにっこりと元気良く、空《から》のお茶碗を突き出した。

充足感に包まれながら、千登世はキッチンの流しでスポンジをくしゅくしゅ泡立てた。

お腹の中が幸せで満たされている。

「美味《おい》しかった……」

手にした丸い白皿に載っていたのは、キノコとベーコンのクリームコロッケ。

思い出すだけで、あの旨味が口の中に蘇《よみがえ》る。

「炊き込みごはんも美味《おい》しかった」

次に手に取った小さな波模様の茶碗は、藤次郎のものだ。大きな茶碗は扱い辛いだろうと、この家には他にも藤次郎用の食器が一通り揃っている。

あの後、千登世も藤次郎に続いて、ごはんをおかわりしてしまった。本当に手が止まらなくなるほど美味《おい》しかった。

炊き込みごはんはたっぷり作ってくれたので、残った分は小分けにして冷凍保存している。またいつでもレンジでチンすればすぐにあの味を楽しめるなんてありがたいことだ。

私ってこんなに食いしん坊だったっけと思いながら、千登世は食器をすすぎ始める。

「秋は食べ物が美味《おい》しすぎていけない……このままでは太ってしまう……」

けれど旬のものは旬に食べるのが一番いいのだ。ポテンシャル最高の状態の食材を頂く贅沢《ぜいたく》さを思えば、少しの増量くらい……と甘い考えが過《よぎ》った千登世だったが、思い直して小さく溜め息を吐いた。

「ダメダメ、これから年末年始に突入すると、太るイベントが目白押しなんだもん」

クリスマス、忘年会、新年になればおせちにおもち。集まって食事をする機会も多くなり、そうするとついつい周りと盛り上がって思った以上に食べてしまう。

「それでなくとも、結婚してから丞くんの美味《おい》しい料理三昧《ざんまい》だからなぁ」

気を引き締めなくてはと一人決心したところで、廊下をパタパタ駆ける小さな足音が聞こえてきた。

「千登世ちゃーん」

「こら、藤次郎、まだ尻尾《しっぽ》拭き足りへんのに」

障子を開けた向こうから、お風呂上りでほかほかの藤次郎。愛らしい耳と尻尾《しっぽ》は濡れて、しっとりとボリュームダウンしている。

「千登世ちゃん、千登世ちゃん」

紺色の長袖《そで》パジャマを着た藤次郎が、千登世の足に纏《まと》わりつく。今日は珍しく、この家にお泊まりの日なのだ。

「ん？　じろちゃん、どうしたの」

「千登世ちゃん、ドライヤーやって？」

　上目遣いでおねだりしてくる藤次郎は大層愛らしい。

　洗い物は七割方終わっていたが、もう少しかかりそうだった。ちょっと待っててね
と言いかけて、もう寒い時期だからすぐに乾かさなくては風邪を引くのではとも思う。

「じろ、とせちゃんまだ洗いもんの途中やし、この後お風呂も入らなやし、ドライ
ヤーなら俺がしたるから」

「千登世ちゃんがいい～」

　千登世の様子を見て永之丞は言ったが、藤次郎は引き下がらなかった。

「じろ」

「いいよ、洗い物は後でも構わないんだし」

　流しの水を止めて、濡れた手を拭く。

　振り返ればごめんなぁと永之丞は小さく溜め息を吐きながら言い、手にしていたタ
オルとドライヤーを千登世に渡し、入れ替わりでシンクの前に立った。

「え、いいよ、私がするよ」

　千登世は永之丞を止めたが、

「あとちょっとやん」

と、彼は残りの洗い物を引き受けてくれた。

永之丞との暮らしは、びっくりするほど円滑に回っていて、ストレスが少ない。困っている方をもう片方が助ける——言うのは簡単だが実行するのは難しいことが、千登世と永之丞の間ではごく自然と行われている。

本当は、共働きで結婚したら、もっと色んなことでいっぱいいっぱいになると思っていた。

もともと違う環境で暮らしてきた二人の生活を摺り合わせるのは大変なことだし、掃除、洗濯、料理といった家事の負担は、どうしたって女性である自分に偏《かたよ》ることになるだろうと。

けれど実際は想定と全く違った。どちらかと言うと、永之丞の方に家事の配分が偏《かたよ》っているとすら感じる。

彼が在宅仕事というのもあるだろうが、永之丞はごく自然に二人の暮らしのあれこれを主体的にこなしてくれているのだ。

そのことに気付くたび、千登世はハッとして感慨深くなるのだ。

「じろちゃん、こっちおいで。頭と尻尾《しっぽ》乾かそ」

「うん！」

そういえば喧嘩だってほとんどしたことがない、と千登世は気付く。

でもこれからずっと一緒にいるんだし、そのうち大きな喧嘩もするのかも……とドライヤーのスイッチを入れながら試しに想像してみたが、結局は上手くイメージできなかった。

「風当てるよ、熱くない？」

「だいじょうぶ！」

タオルで凡《おおよ》その水分を拭き取った尻尾《しっぽ》は、いつもの三分の一、いやそれよりもっと嵩《かさ》が減っている。ドライヤーの風を当てると、ふわりとトリートメントのいい匂いが上がってきた。

「ブラシ入れるよ～」

「うんっ」

傷《いた》んだところなどどこにもない柔らかい毛。ブラシを入れても絡まることなく、滑《なめ》らかに梳《くしけず》ることができる。

「ふあぁぁぁあ」

千登世が丁寧にブラッシングするうちに、藤次郎の口から言葉にならない声が漏れ始めた。

「ふわ、ふぁあ」

「熱くない？　痛くない？」

藤次郎の尻尾《しっぽ》は、当然永之丞のそれよりも小ぶりだ。毛ではなく身の部分に熱が伝わりやすいのではと心配になって声をかける。

「気持ちいい～」

だが返ってきたのは本当に気持ち良さそうな声がで、どうやら杞憂《きゆう》だったらしいとホッとする。

最初はぺしょりとしていた尻尾《しっぽ》も、だんだんボリュームを取り戻してきていた。

藤次郎の尻尾《しっぽ》には、永之丞のものとはまた違う魅力が詰まっている。

よりほわほわしていて柔らかい。幼毛だからだろうか。

尻尾《しっぽ》のお手入れで極上の気分を味わっているのは、藤次郎だけでなく千登世もだ。

こげ茶色の毛並みは、以前千登世がお手入れした時よりふくらみが増した気がする。

成長もあるだろうが、きっと夏毛から冬毛へ替わったからだろう。

「ほわほわだねぇ、素敵だねぇ」

「むふふ」

冬毛って最高だなぁと尻尾《しっぽ》を梳《す》き続けながら言うと、まんざらでもなさそうに藤次郎が笑いを零す。

そろそろ乾いたのではとドライヤーをオフにする頃には、藤次郎は返事はするものの、千登世の膝の上でとろんとしていた。

「千登世ちゃん、もっと、さわって……」

それでもまだもふもふされたいらしい。

「ちとせちゃんなら、いくらでも、もふもふして……いいよ」

嬉しいことを言ってくれる。ご要望通り千登世が二度三度と尻尾《しっぽ》を撫でるうちに、遂《つい》に藤次郎はことんと眠りに落ちた。

「じろ、寝てもうた？」

「うん」

台所の片付けを終えた永之丞が弟の顔を覗き込む。

お風呂上がりだからか、子どもの体温が高いからか、藤次郎は今がもう冬目前であることを忘れさせるくらい温もりに満ちている。

「布団、敷いてくるな」

「お願い」

永之丞が出ていくと、部屋の中が途端に静かに思えた。蛍光灯がジーッと鳴らす微かな音と、穏やかで小さな藤次郎の寝息。

「……可愛い」

健《すこ》やかな寝顔を眺めていると、無意識にその言葉が口から零れ出ていた。

千登世はたまに藤次郎の面倒を見る程度で、子育ての大変な部分など全く経験していない。藤次郎は甘えん坊な側面はあるが、聞き分けのいい子でもあるので、いい部分だけを見ているという自覚もある。

「でも」

もし、自分が子どもを授かることができたら、と思う。

今まで積極的に子どもがほしいと思ったことはない。永之丞と結婚した時も、将来的にはそういう可能性もあるだろうとうっすら思った程度だ。

でも二人の生活も落ち着いてきて、こうして小さい子に触れる機会が増えたことで、千登世は現実味をもってその可能性を考えるようになってきていた。

「丞くんとならって思うけど」

だが、気になることがないわけではない。

永之丞はあやかしだ。となると、人間の自分との間に生まれる子はどうなるのだろう。

見た目、身体能力、現世《うつしよ》と隠り世《かくよ》どちらで生きていくのか。

もし、あやかし寄りの見た目だったとして、たとえば人間の病院で出産ができるのか。

両親や兄に会わせることができるのか。

やはり子どもを産む前に、永之丞の正体を明かしておかなくてはならないのではないか。

　事前に考えることや、心を決めておかなければならないことが沢山あることに改めて気付かされる。

「最悪、見た目は丞くんに術とかかけてもらえるかもだけど」

　千登世は何もかもを伝えるのが正しいことだとは思っていない。黙っていることが一概に悪ではないのだと、正解はそれぞれにあるものだと考えている。

　だから、自分の家族に本当のことを伝えていないことを間違っているとまでは思っていない。けれど、何も思うところがないわけでもなくて。

「後ろめたさとは違う、それより二、三歩手前の感情というか……」

　これから永之丞と一緒に人生を歩んでいく。二人で積み重ねるものが多くなればなるほど、周囲に取り繕《つくろ》わなければならないことも増えていくだろう。

　結婚の時は、最善だと自分で決めて事実を伏せた。ただこれから先も、自分が上手く立ち回れるのか、少し不安に思う。

「まぁでも、子どものこととか、一人で決めることじゃないし。要相談だし、まだその、そこまで具体的じゃないというか……」

「とせちゃん？」

「ひょえっ」

「うーん……」

呟いたところで急に障子が開いて、千登世は素《す》っ頓狂《とんきょう》な声を上げた。

聞かれただろうかとそろっと振り向くが、どうにもそういう感じではないようである。

それからハッとして藤次郎へ視線を向けたが、彼は変わらず夢の中だった。

「良かった、じろちゃん起きてない」

「じろは寝つき、めっちゃええから。一回寝たら、ちょっとやそっとのことじゃ起きへんよ」

「そっか」

永之丞はゆらりと大きな尻尾《しっぽ》を揺らして、柔らかな眼差しを弟に向ける。

「とせちゃんも、お風呂入ってきぃ」

「う、うん、そうする、します」

千登世はそそくさと入れ替わるように廊下へ出た。

「……色々考えなきゃいけないことがあるのは、事実だけど」

一つだけ、確信していることがある。

将来、家族が増えたとする。でも永之丞の子なら、きっとのびのびと優しい子に育つんじゃないかなぁと、そう思うのだ。

「ん〜」

夜半に目が覚めたのは、喉が渇いたからだった。

藤次郎を挟んで三人で川の字で並んでいた布団からそっと抜け出して、台所へ向かう。素足に履いたスリッパはひんやりしていて、その冷たさにきゅっと足裏が縮こまった。

そろそろもこもこ靴下の出番かもしれないと思いながら、コップに半分ほど注《つ》いだ水で喉を潤《うるお》した千登世は寝室へと引き返す。

戻った部屋は、当然暗く静まり返っている。

「……とせちゃん」

だが、掛け布団を捲《めく》ると、すっかり寝入っていると思っていた永之丞に小さく呼びかけられた。

起こしてしまっただろうかと申し訳なく思っていると、彼は千登世を自分のすぐ傍へ手招く。

「とせちゃん、こっち」

「え」

最初は藤次郎を真ん中にして就寝した。しかし千登世が少し外した間に寝返りを打ったらしく、今は永之丞との間に隙間が空《あ》いていた。

「狭くない……？」

それに藤次郎がいるのに永之丞とあまり近くに寝るのはなんというか、気恥ずかしさというか抵抗がある。

千登世がまごまごしていると、偶然にも藤次郎が更に寝返りを打った。もともと千登世が寝ていた場所へ向けて。

「…………」

「ほらとせちゃん、そっちもう入られへんし」

そう言われてしまえばもう仕方がない。諦めて、千登世は藤次郎の布団を直してやりながら、今度は自分が真ん中に収まった。

「ほい」

行儀よく布団を被ると、そこにすぐさま何かが割り込んでくる。

「むふっ」

大きくてふっかふかなもの。その正体に、すぐに気が付く。これは永之丞の大きな尻尾《しっぽ》だ。器用に千登世の腕の間に忍び込んでくるではないか。

「じろの尻尾《しっぽ》もええけど、とせちゃんはこっちも好きやろ？」

「普段自分の尻尾《しっぽ》に嫉妬する割には、こういう時ばっかりその尻尾《しっぽ》をごり押ししてきますね？」

藤次郎のものよりずっと大きな尻尾《しっぽ》は、抱き枕にするのにとてもいい。千登世は遠慮なく抱き着きながら、小さく笑う。

「難しいところやけど、他の尻尾《しっぽ》に負けるんはちょっと許されへんわ」

「丞くんって、結構焼きもち焼きだよね」

「尻尾《しっぽ》の魅力で、とせちゃんをお嫁さんにできたって自覚はある」

「さすがに尻尾《しっぽ》の魅力だけでは結婚まで決めませんよ」

そうやといいけど、と言いながら、尻尾《しっぽ》の先が千登世の頬を撫でた。

ボリューミーな尻尾《しっぽ》だが、意外に繊細な動きもする。こちょこちょされる感覚に目を細めていると、そっと永之丞が訊《たず》ねてきた。

「キネマのチラシはどうやった？　気になったのあった？」

夕食前に藤次郎と盛り上がっていたキネマの話題を振られる。

千登世はいくつかの演目を思い返しながら、頷いた。

「うん、いくつか」

「ほんなら、あとでそれ教えて」

明かりがないから、千登世にはすぐそこにいるはずの夫の表情は見えない。でも、十分に柔らかい声。

「連れてってくれるの？」

「行ってみたいて言うてたやん」

向こうからはどうだろうか。あやかしだから、夜目が利いたりするのかもしれない。自分ばかりが見られているのだったらちょっと不公平だなと思いながらも、千登世はキネマに連れていってもらえる嬉しさに頬を緩ませた。

「ふふっ、楽しみ」

ぎゅっと尻尾《しっぽ》を抱き込むと、ふかふかの毛並みに顔が埋まる。その極上の感触に、千登世の意識は急激に揺らいだ。

魅惑の尻尾《しっぽ》には、どうやら安眠効果も搭載されているようである。

3

白を基調とした上品な店内。半アーチを描く窓に、優美な曲線を描く電球の笠。ずらりと置かれた什器《じゅうき》にはレース、リボン、ドット模様を初めとする愛らしいデザインの商品が並んでいる。いかにも女子向けといった商品で埋め尽くされたここは雑貨屋で、もちろん店内は若い女性客で賑《にぎ》わっていた。

「うっ、場違いすぎる……」

千登世の隣で呻《うめ》いたのは、狸塚家三男・九重。珍しいことにこの場に一緒にいるのは千登世と九重だけで、永之丞は帯同していない。

休日のファンシーな雑貨店に、千登世と九重。一見、どういう状況かよく分からない状態ではあった。

「悪目立ちしてる気がする……」

「大丈夫だよ、そんなことないよ」

千登世はフォローしようとそう言ったが、目立っていないというのは嘘だった。

やはり店内の人口比率を思えば、男性は目立つ。それに九重は背が高いし、しかも顔立ちが整っているから、先ほどから店内の女の子達がしきりにチラチラ視線を向けてきていた。

「きっと周りからは、姉弟で買い物、姉に付き合わされてますっていう風に見えてるだろうし、ね？」

九重一人だったら、もしかしたら逆ナンというやつをされていたかもしれない。だが、今日は千登世がついているのだ。もし声をかけられるようなことがあっても、お姉さん面で九重をお守りする所存である。

「でも九重くん、やっぱりモテるんだねぇ」

今までは自宅か、狸塚の実家で会うことがほとんどだった。そこで見る九重は小菊に息子扱い、永之丞に弟扱いされている姿ばかりなので、千登世の認識的にもそういう九重しかいなかった。だが、こうして街中で私服姿の九重を見ると、年頃の男の子なのだと改めて気付かされる。

「やっぱりってなんですか。別にそんなことないですよ」

普段はあまり表情の変わらない九重だが、千登世の言葉に少し慌てたような様子を見せる。微笑ましいなぁと、千登世は口元を緩めた。

「だって、これ女の子へのお返しなんでしょう？」

モテると言ったのは、店内の女の子達の視線のことだけを言っているのではない。

そう、今日二人でこんな可愛らしいお店を訪れた理由。

それは、九重が女の子へ贈る品を探していて、そういうものはどこで買えばいいのかと永之丞経由で相談があったからだ。

それを聞いて、じゃあお店に一緒に行こうよと言ったのは千登世だった。

お店を教えるのは簡単だが、男の子がこういう店に一人で入るのは勇気がいるだろうと思ったからだ。下手《へた》したら店に入ることもできず、遠目に眺めただけでUターンすることになる。

そう思っての申し出だったが、九重の様子を見るに、予想は当たっていたらしい。

兄嫁と一緒なんて気まずがられるかなと最初は心配していたが、やっぱり提案して良かったと千登世はこそっと息を吐いた。

ちなみに永之丞は家に藤次郎が遊びに来ているので、お留守番中だ。

「これはお礼の範疇《はんちゅう》で、特別な気持ちはないんですよ。向こうだってただの親切やったろうし」

それはどうだろうか。相手の気持ちは分からない。

九重から、今回の事のあらましは聞いていた。なんでも先日引退した部活に、気分転換がてらに顔を出したらしい。そこでうっかり擦り傷を作った九重に、部のマネージャーがハンカチを貸してくれたのだとか。

甘酸っぱい。あまりに甘酸っぱい青春の一ページである。

「でも律儀だね。ハンカチ、綺麗に洗ってあるんでしょう？　汚れが落ちなかったわけじゃないんだよね」

「でも、嫌やないですか？　落ちたとは言っても他人の血がついてたわけやし」

本日彼のお求めの品は、女性向けのハンカチ。

貸してもらったものは汚してしまったから、代わりのものをとのことなのである。

九重は千登世と並んで、淡い色合いのハンカチを見比べながら言う。

「こういうの、ちゃんとせんかったら女子って怖いやないですか。一応長らくお世話になったマネージャーなんで、まぁそういう感謝も込みでと思って」

受験生だし、九重には恋愛をする余裕はないかもしれない。けれど彼はバレンタインデーなんかには割とチョコを持って帰ってくるそうだし、それ以外でもちょこちょこ告白されたりしているらしいと永之丞からの情報で知っている。

まぁでも、なんでもかんでも色恋沙汰に繋げられるのは本人も嫌かもしれないなと、千登世はついつい恋愛方向に流れそうになる己を窘《たしな》める。

「そういえば」

気楽な話題に変えようと、千登世は自分より背の高い彼を見上げた。

九重は表情こそ出にくいが、話してみると意外に気さくだ。弟の面倒を見ているからか、小さいことにもよく気が付く。そういう性格面は、永之丞とも似ているなと思うが。

「九重くんの顔立ちって、丞くんとはまた違うね。お父さん似って感じ」

「あぁ、そうですね。四人兄弟で父親似なんはオレだけかな。上二人は完全に母親似で、藤次郎は丁度半分ずつって感じです。性格も同じような受け継ぎ方してますね」

確かに、九重が狸塚家においてどちらかというと口数が少ないところも、父親似だろうなと千登世は納得する。そして長男の永之丞と次男の大黒《だいこく》が母親似というのも、大いに頷けた。

「そうそう、丞くん、完全にお義母《かあ》さん似だよね、大黒くんもあのざっくばらんで壁

がない感じ、お義母《かあ》さんと似てるなぁって思う。お義父《とう》さんは、どちらかと言うとも
の静かな感じだよね」

「正反対の夫婦ですよね。あ、お義姉《ねえ》さん、こういうのどう思います?」

「いいと思うよ」

差し出されたタオル地のハンカチを見て、千登世はＯＫサインを出す。事前に見せてもらった借りたハンカチとも似た雰囲気で、きっと持ち主の趣味からも大きく外れないだろう。

「そしたらこれにしようかな、あ、でも色違いのもあるな……」

「せっかく渡すんだから、じっくり選ぶといいよ」

九重の隣で可愛い雑貨を眺めながら、千登世は自分の学生時代を振り返ってみる。

そんなに遠くはないが、既にぼんやりした部分も多い。高校の三年間なんかは、あっという間に過ぎ去っていってしまった。

「……丞くんって」

ふと漏れ出た言葉は、あまり深く考えてのものではなかった。

「学生時代モテてた?」

言ってしまってから、ハッとして口を押さえる。

どうしようもないことを訊《き》いたし、どういう答えが返ってきてもきっと微妙な気持

ちになる。何より義弟相手に何を訊《き》いているのだと、千登世は瞬時に後悔でいっぱいになった。

「ごめん、今のナシで。なんでもないです。そもそも九重くんに聞くようなことでもなかったし。丞くんにもオフレコでよろしくです」

慌ててすぐにそう言ったのだが、九重は不思議そうな顔をした。

「なんでですか、聞いたら兄さん喜びそうやのに」

「いやいや、喜ぶってなんで」

「いつも自分ばっかりが妬いてるって、思ってそうなんで」

確かに永之丞は割に焼きもち焼きだ。対する千登世はあまりそういう感情を表に出さない。というか、そもそも妬くような状況になったことがあまりないのだ。

「……いや、でもやっぱり恥ずかしいので、丞くんには内緒でお願いします」

「まぁお義姉《ねえ》さんがそんなに言うんなら、内緒にしときますけど」

九重がそう言ってくれたので、千登世は胸を撫で下ろした。

気にならないと言ったら嘘になるけれど、知ったところで今更な話だ。

それに今、永之丞から十分愛されていることを、千登世はちゃんと自覚していた。

だって彼は、いつだって千登世にすごく優しい顔を向けるので。

「お帰り」

「うん、ただいまー」

引き戸を開けると、すぐに廊下の向こうから永之丞が顔を覗かせた。

「九重、いいの選べたん？」

「うん、お義姉《ねえ》さんについてきてもらって、ほんまによかった。一人じゃあの店でじっくり選ぶんは難しかったと思う」

九重が小さな袋を兄に向かって示し、千登世にも軽く頭を下げる。

「いえいえ、お役に立てて何よりです」

千登世はそう言ってから、廊下の奥へ視線を向けた。

「あれ、じろちゃんは？」

いつもなら、いの一番に駆け寄ってくる藤次郎の姿がない。どうしたのだろうと思っていると、永之丞が苦笑しながら教えてくれた。

「あぁ、今お絵描きしとって、そっちに夢中なんよ。すごい集中力やわ」

「なるほど」

「それでとせちゃん、ごめん、入れ替わりになるんやけど、今からちょっと出てきてもええ？」

「いいけど……お昼は？　あ、もしかしてもう食べた？」

腕時計を見れば、時刻は十二時過ぎ。

まだだろうと見込んで、帰りがけにスーパーに寄って全員分の食材を買ってきたところだったが、事前に確認すれば良かったと後悔する。

「いや、まだやよ。それにすぐに戻るから」

永之丞は首を横に振って、ちょっと銀行に振り込みに行きたいだけなのだと言った。

「じゃあ準備しておくね」

「うん、お願いします」

「お義姉《ねえ》さん、手伝います」

「九重も頼むわ」

「分かった。行ってらっしゃい」

そんな永之丞と入れ替わりに、千登世と九重は家に上がった。手を洗ってから居間へ入ると、確かにそこには真剣な面持《おもも》ちで藤次郎が画用紙に向かっていた。千登世や九重が傍を通っても顔を上げないので、相当集中しているらしい。よく見ると、いつもの色鉛筆やクレヨンではなく、絵具でのお絵描きだった。

「うちに絵具なんてあったけ……」

と呟きながらも、大きなお鍋に水を張る。永之丞の用事は駅前で事足りるらしいので、きっと帰ってきた頃には丁度こちらの用意も終わっているだろう。

「何入れます?」

隣に立つ九重は、大まかにメニューを把握している。何故なら、先ほど千登世がスーパーでしこたまうどんを買い込んだのを見ていたので。

「きつねにしようかな、冷蔵庫に油揚げがあるの。ネギは小口切りにしたのストックしてるし、あとは温玉入れて……ってあ、きつねうどん、大丈夫?」

「え?」

九重は千登世の問いにきょとんとする。

「ははっ!」

だがその一拍後、びっくりするくらい大きな声で笑い出した。今まで見たことがないくらいの、九重の大きなリアクション。身体を折り曲げ、小さく震えながら言う。

「だ、大丈夫ですよ、ふはっ、お義姉《ねえ》さんおもろいですね、ふふっ、確かにお揚げさんは狐の大好物やけど、だからってオレらが目の敵《かたき》にしてたり、食べるの禁じてたりしませんって。きつねうどんって命名だって、人間がつけたもんやし」

「っ!」

言われればその通りだ。自分がいかに頓珍漢《とんちんかん》なことを言ったか気が付いて、千登世はじわりと顔に熱が上がるのを感じた。

「わ、私ったら」

「いや、あやかしのオレ達に対して、沢山気ぃ遣ってくれてはるんやなって。そういうの、普通に嬉しいことですよ」

恥ずかしい。穴があったら入りたい。けれどそんな千登世を、九重はフォローしてくれる。

「そういう風に、言って頂けると……」

少しは、ほんの少しは恥ずかしさも紛れるというものだが。

千登世は手で顔を扇《あお》ぎながら、冷蔵庫の扉を開けた。冷気が頬の熱を僅《わず》かに冷ます。タッパーに入れた刻みネギと油揚げを取り出してから、背後の食器棚を振り返る。

「丼《どんぶり》、出さなきゃ」

「あ、やったらオレが」

九重がそう言ってくれたので代わってもらうことにした。ふと居間に視線を向けると、藤次郎は依然集中モードである。でもそろそろ一旦お絵描き道具を片付けてもらわなきゃと、千登世は声をかけにそちらに向かった。

「じろちゃん」

「んー」

「もうすぐごはんできるよ、おうどんだよ、お昼の間だけお片付けしようか」

「んー、そうするー」

画用紙の上はカラフルなことになっていた。紙の上を泳ぐようにどどん！　と描かれているのは龍のようだ。

この間見た映画の絵かな、とあたりをつける。

「じろ、片付け」

「まって、あとここだけ、ここの赤のとこだけ」

噴き出す炎を仕上げていた藤次郎が、顔も上げずにそう言った。同じように様子を見にきた九重に、あとちょっとだけ待っていようと千登世が目くばせしたその時だった。

「ん？」

ぐにゅりと足の裏に妙な違和感が生じた。

「ぬわっ⁉」

それとほぼ同時に、九重から妙な声が上がる。

「え⁉　え、あ、あぁあ！」

「えっ⁉　千登世ちゃん？　九にぃ？」

何事だと戸惑ったのは一瞬。すぐに千登世は惨状《さんじょう》を認識する。

家に戻ってからは、千登世の目にも見えるようになっていた九重の尻尾《しっぽ》が大変なことになっていた。

「ひ」

九重の大事な大事な尻尾《しっぽ》の一部が、まだらに青く染まっているではないか。

自分の足元を見れば、ひしゃげた青い絵の具が一つ。

「ひえぇぇ、魅惑のビッグもふがぁ！」

どうやら畳の上に散らばっていた絵具の一つを、踏んづけてしまったらしい。しかも運悪く蓋《ふた》が開いていたようで、飛び出た中身があろうことか九重の尻尾《しっぽ》にヒットしてしまったのだ。

千登世は真っ青になりながらも、自分がすべきことを瞬時に弾き出した。

すぐに、そう、可及的速やかに絵具を落とさなければ。

「うわっ」

九重の腕を掴み、廊下を走り抜ける。

「早くしなきゃ、落ちなくなっちゃう！」

浴室に九重を押し込んで、素早くシャワーの栓《せん》を捻《ひね》った。お湯に変わったのを確かめてから、服を濡らさないように注意しつつ、絵具の付いた部分にお湯をかける。

「ごめんね、すぐ落とすから」

「わっ、お義姉《ねえ》さん、待ってください」

幸い絵具はまだ乾いていない。急げばどうにかなる気がした。

「大丈夫やから、自分でできるんで！」

「だって私のせいで……！」

石鹸をつけて少し毛を揉み込めば、薄青色の泡が排水溝に流れていく。

「九にぃ、ごめんなさい……」

風呂場の入り口から、後をついてきた藤次郎がしょんぼりした様子で謝った。

「いや、別に怒ってはないけど、あぁでもこんなん兄さんに叱られてまう」

「そうだよ、こんな立派な尻尾《しっぽ》に私ったらなんてこと！」

「いや、そっちではなく」

実はこの時点で九重と千登世の会話は大きく擦れ違っていたのだが、千登世はひどく動転していてそれに全く気付いていなかった。一心不乱に二度三度と泡を洗い流してから、濡れて体積の減った茶色の毛並みをじっくり眺める。

「……やだ、心なしかうっすら青く染まってる気がする。アクリル臭も気になるし」

「千登世ちゃん、ダメな感じ？」

「いや、うーん、微妙……」

不安そうな声を出す藤次郎にも、今回ばかりは楽観的なことが言えず、千登世は思いっきり顔を顰《しか》めた。

「あの、落ちんくても大丈夫ですよ、最悪切ればいいんで。なのでそろそろ」

「切る⁉」

九重のその発言に、千登世は余計に狼狽《ろうばい》してしまう。

「え、だって放っといても、そのうち伸びてきますし」

千登世には、あやかしにとっての尻尾《しっぽ》の重要度はよく分からない。けれど永之丞は尻尾《しっぽ》のお手入れを欠かさないし、自分の尻尾《しっぽ》のふかふか具合を誇りに思っているようでもある。藤次郎だってそうだ。

尻尾《しっぽ》の見栄えは、きっと彼らにとって大切なことなのだろう。それをそのうち伸びるからと、不揃いな状況にしてしまうなんてとんでもないことに思えた。

「なんてこと……」

千登世が己のうっかり具合を後悔していると、背後から強張《こわば》った声が聞こえた。

「……これ、どういう状況？」

永之丞のお帰りである。

「あぁ、見つかってもうた……」

「丞くん！」

「丞にぃ～」

九重は溜め息と共に頭を抱え、千登世と藤次郎は一緒になって永之丞に泣きついた。

「「どうしよ～」」

「うん、なんやトラブってるんは、よう分かったわ……」

「あの、もしかして」

昼食を食べ終えた九重と藤次郎が帰宅してから、千登世は永之丞に恐る恐る訊《たず》ねた。

「その、尻尾《しっぽ》に触れるのって、とっても破廉恥《はれんち》なことだったりする……？」

落ち着いてから考えてみると、失礼なことを仕出かしてしまった気がしていた。よくよく考えれば、九重は嫌がっていたように思う。

動揺して、慌てて、義弟にとんでもないことをしてしまったのではないか。

訊《き》かれた永之丞は、うーんと居間の天井《てんじょう》を見上げた。

「破廉恥《はれんち》というか、まぁその、デリケートなことではあるなぁ」

「やっぱり、マナー違反だった……？」

「まぁ、全くの他人にすれば、さすがに」

「だよね、そりゃ見知らぬ人の身体に勝手に触ったらマナー違反どころか、事によると犯罪だよね……」

永之丞や藤次郎が好きなだけ触らせてくれているから、鈍感になっていた。普通に考えて、尻尾《しっぽ》は身体の一部である。

「犯罪……」

自分で言って落ち込む。千登世は力なく座卓に突っ伏した。

「菓子折り持ってお詫びに行かなきゃ……」

「いやいやいや、そこまでせんでも」

「だって、結局絵具も綺麗に落ちなかったし」

そうなのである。あの後九重は自分の手で尻尾《しっぽ》を乾かした。だが、その仕上がりを見た千登世の目には、まだ薄ーく青みを帯びているように映った。

そういえば、藤次郎がしきりに『気持ちいいから、九にぃ千登世ちゃんに乾かしてもらいなよ！』と勧めていたが、手を出さなくて良かったと今更ながらに安堵の息を吐く。不幸中の幸いというやつだ。下手《へた》をしたら、更なる狼藉《ろうぜき》を働いていたところだった。

「そんな気にするほどでもないんちゃう？　そもそもの原因は、藤次郎がキャップ締めんと畳に絵具置きっぱなしにしてたからやし。とせちゃんだけのせいってわけやないやん」

「私は義弟にセクハラしてしまった気分なんです……申し訳ない……」

「いや、九重も別にとせちゃんに対してなんとも思ってへんよ」

確かに千登世の優しい義弟は、『お義姉《ねえ》さんはなんも気にせんといてください』と言ってくれた。だが、それでもまだ申し訳なさは消えない。

「まぁ、とせちゃんがもふもふするんは、俺の尻尾《しっぽ》だけにしといてください」

そう言ってお腹の間に柔らかな尻尾《しっぽ》が差し出された。慰《なぐさ》めのもふもふに、千登世はぎゅっと抱き着く。

「うっかりなんて誰にでもあることやん。とせちゃんだけちゃうよ」

「…………」

うっかり。そう、うっかりだ。

でも、それでもやらかしはやらかしに違いなくて。

「とせちゃん？」

「いや、うん、今後は気を付ける……」

千登世の落ち込みようを見て、永之丞は尻尾《しっぽ》を貸してくれるだけでなく、慰《なぐさ》めるように頭もぽんぽんと撫でてくれた。

だが、それでも千登世の気持ちはなかなか浮上しなかったのである。

第四話　もふもふは万能アイテムではありません

1

冬本番ともなると、木造住宅はどこからともなく寒さが忍び込んでくる。朝の冷たい空気は良く言えば意識をシャキッとさせてくれるのかもしれないが、千登世的にはただただ忍耐を要求されるだけだ。

玄関の隅に置いているコートハンガーから、グレーのコートを取る。

「とせちゃん、もう出るん？」

「うん、行く」

羽織っている間に少し遅れてやってきた永之丞が、グリーンのタータンチェックのマフラーを差し出してくれた。

「ありがと」

髪はひと纏《まと》めにしているから、マフラーがないと項《うなじ》が容赦なく冷気に晒《さら》されてしまう。冷気が入らないよう念入りにぐるぐる巻きにして、千登世はネイビーの鞄を肩に掛け永之丞を振り返った。

「今日、外でお仕事だっけ？」

「あぁ、うん。そやから今日は夜おらんけど、家入る時は注意してな。寒いやろから、エアコンはタイマーつけとこか？　帰り、いつもと同じくらい？」

「うーん、どうだろ、年末だからちょっと忙しいしなぁ。ウチ十二月が期末、決算期なんだよね。時間読めないから、タイマーは大丈夫」

「そうか」

千登世がパンプスに足を滑り込ませると、隣で永之丞もつっかけにしている下駄を履いて玄関口に下りる。

「丞くんは打ち合わせだっけ？」

「そう」

今日は珍しく、永之丞は夕食時仕事で不在だ。平日はもっぱら永之丞が夕食を作って待ってくれているのだが、自分の分だけとなるとあり合わせの適当ごはんになるだろうな、と考えながら千登世は玄関を出た。

「う、寒い……」

玄関先でも十分寒いと思っていたが、外はやはり段違いだ。頬を撫でていく北風に思わず身体を縮こまらせる。

「ホンマに寒なったなぁ。あ、そうや、良かったら冷蔵庫の中の里芋の煮物食べちゃっといて。味が丁度ええ具合にしゅんでると思うわ」

「うん、分かった」

朝、こうして出勤する千登世を玄関どころか門の外まで永之丞が見送りに出てくれるのは、いつものことだ。千登世が角を曲がるまで見送って、ついでに郵便受けをチェックするまでがセットらしい。

「今週は後半、もっと冷えるんだって」

「ええ……ほんまか……」

見上げた空は薄灰色。洗濯物が乾きにくそうだなぁ、と頭の隅で考える。はぁ、と吐いた息は真っ白に染まって、空に昇っていった。

「……とせちゃん」

「うん？」

「寒いんやったら、ちょっともふもふしていく？」

まさに今、門を出ようというタイミング。振り返るより前に、顔の横に大きなもふもふが出現して千登世はぎょっとした。

「ちょ、丞くん、誰かに見られたら……！」

「大丈夫やよ、他の人には見えんように幻術かけとるから」

眼前で揺れる魅惑のもふもふ。永之丞がこんな朝のうちから尻尾《しっぽ》を出してくるなんて珍しい。顔を埋《うず》めれば、それはそれは幸せな心地になれるだろう。

だけど。

「今このもふもふに触っちゃったら、きっと離れられなくて遅刻しちゃうよ」

もっともらしい理由を口にして、千登世は尻尾《しっぽ》から一歩距離を取った。

「……そうか」

そやったら仕方ないなぁと言いながら、永之丞も尻尾《しっぽ》を引っ込める。顔は見ていないので、千登世は彼がどんな表情をしていたのかは分からない。

「じゃあ行ってきます」

「うん、気ぃ付けて」

そのまま、細い道に出る。腕時計にチラリと目を向けると、いつも通りの歩調でも十分目的の電車の時刻に間に合いそうだった。

背中にほんのり永之丞の視線を感じながらも、会社に向かうため千登世は真っ直ぐ駅までの道を進んでいく。

「…………」

別に、何もおかしなところはない。

いつも通りの朝だ。

「――――っはぁあ」

けれど、角を曲がった瞬間、千登世は大きく息を吐いた。

いつも通り、いつも通り――本当に？

「本当にいつも通りなら」

千登世は差し出された尻尾《しっぽ》に触れずにいることなどできなかっただろう。朝からなんという贅沢《ぜいたく》と、もふもふを堪能していたに違いない。

でも、そうしなかった。

永之丞だって、千登世が彼のもふもふに目がないことを誰より知っている。きっと、不自然に感じたはずだ。

二人の間には普通に会話もあるし、何も問題はないはず。

なのに。

「……まるで薄氷《はくひょう》の上を歩いてるみたい」

千登世の疲労の滲《にじ》んだ声は、誰にも聞き止められることなく大気に溶けていく。

この数日、〝普段通りであること〟を極力意識して、生活していた。そう、意識しなければならないような状況だったのだ。

千登世には自覚があった。

今、自分と永之丞の間が、ぎくしゃくしているという自覚が。

喧嘩というものを、千登世と永之丞はほとんどしたことがない。

ギスギスした空気になったことが一度もないわけではないのだが、どちらかというと二人とも早いうちに素直に謝るタイプだったので、そうなっても長期化することはまずなかった。

「はぁ……」

自席のPCモニターを盾にして、千登世は人知れずこっそり溜め息を吐く。

データの集計はまだ途中だが、気を抜くと鬱々《うつうつ》とした気持ちに心が占拠されそうになる。

別に、喧嘩をしているわけではない。そう認識している。

けれど自分と永之丞の間に、目に見えない冷たい氷の板が一枚差し込まれているのを、千登世は感じ取っている。

いや、違う。その板は千登世自身が差し込んだものなのだ。だから、この気まずさは千登世が一人で勝手にそう感じているだけ。

二人の間に、表面化している問題はないのだ。それ故《ゆえ》、今の状況に解決の糸口はない。

（違う……私が、ちゃんと自分の気持ちに整理をつければ全部解決する。気まずい空

気なんて、すぐになくなる）

千登世が感じているこの気まずさには、ちゃんと原因がある。それは、千登世自身に根差している問題なのだ。

永之丞は悪くないし、全く関係がない。なのに、千登世が自分の些細《ささい》な問題を上手く消化できないせいで、彼を巻き込んでいるのだ。

「千登世？　お昼、食べないの？」

「えっ」

軽く肩を叩かれて、ハッと意識が浮上する。

「もう休憩時間だよ。画面見つめて微動だにしないから、びっくりした。そんなに仕事切羽《せっぱ》詰まってる感じ？」

振り仰げば、同期の安藤雪がいた。時計に目を遣《や》ると、いつの間にか正午を過ぎていた。チャイムの音にも気付かなかったらしい。

「ううん、違う違う。ちょっと集中してただけ」

「お昼、今日は食堂に行こうと思うんだけど」

「うん。私も行く」

ＰＣをスリープモードにして、席を立つ。廊下には友理と美玖という、いつものメンバーが待っていた。

フロアの外に出ると、屋内でも少し肌寒い。

「あったかいものがいいなぁ」

という友理の声には、千登世も同意だった。

今日はうどんがいいかもしれない。お腹の中からしっかり温まりたかった。

「あ、でも今日、ふわとろオムライスありますよ」

食堂の入り口のメニュー表を見て雪が言う。

「えっ、今日だっけ」

確かに掲示されたメニュー表には、ふわとろオムライスの名前が並んでいた。

たまにしか社食に出ない特別メニューで、少し並ぶのが遅くなると売り切れていることもあるほど人気の品なのである。千登世も大好きなメニューの一つだった。

だが。

「私、今日はおうどんにしようかな」

一瞬心が揺らいだが、それでも今日はあったかさを優先させることにした。

「あ、私もおうどんにします」

「じゃあ私達はオムライスにしようかな」

一方友理と雪は、ふわとろオムライスにするようだった。

「ちょっと並ぶだろうから、先に食べ始めてて。麺が伸びちゃうと悪いし」

「はい」

そう言われて、二手に分かれる。うどんはいつ食べても変わらない、安定のクオリティを保ったメニューだ。トッピングは好きに選べるようになっていて、天ぷら、とり天、ちくわ揚げ、とろろ昆布などバラエティが豊富なのが嬉しい。

千登世は悩んだ末、かき揚げを選択したのに対し、美玖は迷うことなく油揚げに手を伸ばした。

狐のあやかしである美玖は、やっぱり油揚げが好きなんだなぁと内心で納得する。と同時に、この間〝たぬきに油揚げを出すのはご法度《はっと》〟なんて早とちりをして、九重の笑いを誘ってしまったことを思い出して、一人恥ずかしくなった。

「ここにしましょうか」

「そうだね」

四人がけのスクエアテーブルに二人で腰掛けて、先に昼食を始める。

うどんを食べる前に、まずはお出汁《だし》を一口。

「あったまる……」

じんわりと口腔《こうこう》、喉、胃の腑《ふ》に出汁《だし》の効いたつゆが染み込んでいく感覚。少しリラックスした気分になる。

「そういえば」

向かいの席で、美玖が口を開く。彼女の丼《どんぶり》を見ると、油揚げは手つかずのままだった。好物は後に取っておく派だろうか。

ちなみに千登世は最初にひと口だけ食べて、残りは最後に頂く派である。食事の最初と最後を一番幸せな味で彩《いろど》りたいのだ。

「もうすぐクリスマスですね」

美玖の言う通り、聖夜まではもう片手で足りるほどだった。年末は、本当にあっという間に過ぎていく。

「そうだねぇ」

あやかし達にもクリスマスは知られているらしく、先日藤次郎が自分の家の庭先の様子を写真で見せてくれた。

キラキラしたオーナメントで華やかに飾り付けられた松の木は和洋折衷《せっちゅう》な感じで、これはこれで味があると思ったのを覚えている。

あやかし達にとって、クリスマスの浸透具合はまちまちらしい。種族によっても色んな解釈があるらしく、それもまた幅広い楽しみ方ができそうだと千登世は思う。

「紺野ちゃんは銀次くんと？」

「まぁ、はい」

銀次の話をする時、美玖はちょっと素っ気ない感じになる。きっと彼女なりの照れ隠しなのだろうなと、千登世はそれを微笑ましく見守っている。一時は別れる別れないで大揉めした二人だが、ちゃんとクリスマスデートの約束をしているのを聞いて、ホッとした気持ちになった。

「デートかぁ。いいね、どこ行くの？」

「いえ、家でまったりしようって話してます。ケーキと、ちょっと豪勢な料理とお酒で、贅沢《ぜいたく》なお家時間ってやつです」

「なるほど、それもいいね」

ロマンチックなのもいいけれど、この時期は寒いし、どこも混んでいるので大変な面もある。場所によっては予約を取るのも一苦労だろう。

「でもちょっと意外かも。イルミネーションとか見に行かないの？」

「行かないですねぇ」

美玖はゆったりと首を横に振った。

「もしかして興味ない派？」

「実は、あんまり」

「えー、ないんだ？」

「意外でした？」

「うん。キラキラして綺麗なもの、紺野ちゃんに似合うし」

美玖は服も小物もおしゃれだし、美味《おい》しいものや流行《はや》りのお店もよく知っている。それはランチの時の会話でもよく分かる。

「ふふ、似合います？　ありがとうございます」

イルミネーションと美玖はとても自然に思い浮かべることができるが、この時期多くの人の口に上がるイベントには興味がないらしい。

「人間界のものは面白いから好きです。飽きさせないように、次から次へと新しいものが出てくるし。でも私、光りものならとっておきを知ってるんで」

「とっておき？」

「ええ」

なんだろう。千登世が小首を傾げると、美玖はにっこり口角を上げてずずいと顔を近付けて囁《ささや》いた。

「今度先輩にも、こっそりお披露目《ひろめ》しますね。狐火って、すごく幻想的で綺麗ですよ」

「狐火」

聞いたことはあるが、具体的に想像がつかない。ただ、幻想的なのは確かだろう。千登世はまだ、あやかし姿の彼女を見たことはないが、いつか狐火と一緒にそちらの姿を見せてもらえたらと思う。

「それで、先輩は？　旦那さんとどう過ごす予定なんですか？」

「あぁっと、私のとこは……」

話題の矛先《ほこさき》が自分に向いて、千登世は現実を思い出す。

結婚してから初めてのクリスマス。予定がないわけではない。

「その、映画を」

「映画？」

「あの、綺羅星《きらぼし》キネマにね、前から行きたいって言ってたの。それに連れていってもらう約束を」

していたのだが。

「あぁ！　綺羅星《きらぼし》！」

美玖は、それはいいですねぇとニコニコ顔を見せてくれたが、今の状況ではたして楽しめるだろうかと思ってしまう。せっかく楽しみにしていた綺羅星《きらぼし》キネマだ。心に何も憂《うれ》いがない状態で行きたい。

だが、そのためには千登世が〝蟠《わだかま》り〟を解かなければならない。

「初めてだと楽しめると思いますよ～、現世《うつしよ》のとは全く違いますからね。自分が物語の中にいるみたいな錯覚を味わえるというか」

「そうらしいね。私も話を聞いてるだけで、わくわくしちゃって」

「そうか、先輩はクリスマスを向こうで過ごすってことですね。あっちも最近は飾り付けとかそれっぽくしてるし、何より年末に向けてのどんちゃん騒ぎが始まる時期でもありますから。色々と出店も多くなるし、楽しめるんじゃないかなぁと思いますよ。いい思い出になりますね、きっと」

「そうだね、そうなるといいな」

確かに、美玖の話にはわくわくする要素が沢山ある。クリスマスの隠り世《かくよ》は、きっと現世《うつしよ》とはまた違う景色が広がっているのだろう。

千登世が曖昧《あいまい》な笑みを浮かべたところで、オムライス組の二人がやってきた。

「何？　なんの話？」

二人の持つトレイには、艶《つや》やかな黄色のドレスを纏《まと》ったとろっとろのオムライスが鎮座《ちんざ》している。もう見た目だけで美味《おい》しさが確約されていることが分かるほどだ。

「ふふ、クリスマスの話ですよ」

「あぁ、もうすぐだよね」

「今年はホワイトクリスマスになるかもって、予報出てたよね～」

「え、そうなんですか」

四人いれば、それぞれ違った過ごし方がある。私はファストフードのチキンのボックス予約してるよとか、今年は自分へのご褒美《ほうび》にいいとこのケーキを注文したとか。

どの話も楽しそうだったり、美味《おい》しそうだったりして、千登世は改めて、クリスマスがわくわくできるちょっと特別な日だということを思い出す。

自分も永之丞と楽しいクリスマスを過ごしたい。

そのためには、解決しないといけないことがある。

自分が今、永之丞に対して蟠《わだかま》りを感じている原因、それは先週末にかかってきた一本の電話が始まりだった。

温かいうどんをすすりながら、千登世は事の発端を思い返す。

2

土曜日の午前中。いつもよりゆっくりと朝を過ごした後、千登世は寒いのを我慢して縁側の窓を大きく開け放ち、部屋の一つ一つに掃除機をかけて回っていた。

純和風な見た目の通り、この家はほとんどが和室だ。台所と小さな応接間、それから二階の一室はフローリングだが、残りの部屋は全て畳。

「そろそろ大掃除しないとなぁ」

畳の目に沿って掃除機をかけながら呟く。

日頃から、永之丞がこまめにあちこち気にかけてくれているので、換気扇がギトギトになっていたり、風呂場のタイルの目にしつこいカビが生えていたりなんてことにはなっていないが、やはり普段見落としがちなところにはホコリが積もっていたりする。

「後で気になるところ、リストアップしよう」

そう決めて、次の部屋へ。

「畳も雑巾で拭いたりした方がいいのかなぁ……」

いつも掃除機をざっとしかかけない。後で畳のお手入れについて調べてみようと思ったところで、ふと声が耳に届いた。

別の部屋から漏れ聞こえてくるのは、独特の訛《なま》りから一緒に暮らす永之丞の声に違いない。

「……なんです、はぁ、いやそんな……」

畏《かしこ》まっている様子から、仕事の電話かなぁと千登世は思った。今年は年末進行の案件はないいんよと永之丞は嬉しそうにしていたが、そうはいっても細々《こまごま》とした作業はあるのだろう。

けれど、その予想が違っていたことに千登世はすぐに気付いた。

「いや、お義兄《にい》さんこそ」

〝お義兄《にい》さん〟

永之丞がそう呼ぶ相手は決まっている。

「お兄ちゃん⁉」

慌ててその場に掃除機を放り出して、千登世は二つ先の永之丞の仕事部屋に飛び込んだ。

「わっ、とせちゃん⁉」

勢い余って突入したため、桟《さん》に躓《つまず》く。そのせいで、部屋の中にいた永之丞に半ばタックルするみたいな入室になってしまった。

「あ、いやいや、なんでも。大丈夫です。いえ、はい、え？」

「丞くん、丞くん！」

電話中なので一応小声で、けれど力強く主張する。

「それお兄ちゃんでしょ、そうでしょ」

空《あ》いていた左腕で抱えるように突っ込んできた千登世を受け止めていた永之丞は、視線を落として軽く頷いた。やはり兄の高千からの連絡なのだ。

「あぁ、そうです。代わりましょか」

という言葉と共に差し出された電話に、千登世は飛びついた。

「ちょっとぉ！　何の用⁉」

『いや、永之丞くんにちょっとな』

電話の向こうから、いつもの落ち着いた声が聞こえてくる。涼しげな顔をしている高千が、簡単に想像できた。

『年末年始の予定をそろそろ詰めないとだろ？』

「その話はこの間私からしたでしょ。え？　帰る日程？　そんなのまだ決めてないよ」

年末の帰省はどうするのだという連絡は、既に受けていた。千登世はそれにまだ調整中だ、決まったら連絡すると返したのだが、永之丞くんは酒はいける方だろうか、土産《みやげ》はどういうものがいいと思うとか、その後もあれこれ質問がきていた。一応千登世はその質問にもちゃんと答えたのだが、どうやら兄の高千は千登世の夫となった永之丞に思った以上に興味があるらしい。

兄がバイタリティ溢《あふ》れるコミュ強であることは知っていたが、それにしてもぐいぐいくる。まさか、永之丞に直接電話までかけてくるとは。

「もうさぁ……義理の兄から直接電話がくるとかやだよ、圧があるよ、気を遣うよ」

『酷い言われようだな、別にいびってるわけでもあるまいに』

「存在自体が、圧なの」

実際に会った数など、家族の顔合わせ、結婚式、食事会等々片手で足りる。それでなくとも義実家とのお付き合いは気を遣うものなのに、と千登世は思ってしまう。

だがその辺りの機微が、兄には分からないらしい。

『千登世もそうなのか？　あちらのご兄弟に圧を感じるのか？』

「皆可愛い弟くんだよ」

『俺も親しみやすいお義兄《にい》さんを目指している』

「………」

何を言っても言葉が返ってくるので、辟易《へきえき》してしまう。この兄に、千登世が口で勝てた試しなどないのだ。

『永之丞くん、酒に強いって聞いたから、珍味と一緒に楽しみたいなぁと思って、あれこれリサーチしてるんじゃないか。電話一本で目くじら立てるなよ』

ちなみにお酒、お酒と話題に出す高千は、とんでもない酒豪なのだ。何をどれだけ飲んでも顔色一つ変えないし、言動もしっかりしていて、次の日もケロリとしている。所謂《いわゆる》、蟒蛇《うわばみ》というやつなのだ。

そして数多《あまた》の酒を酔いもせずに楽しむ高千は、酒のアテにもこだわっている。しかも、刺激を求めて色々なものに手を出すのである。

「お兄ちゃん、ゲテモノ好きなんだもん。放っておいたら絶対、普通は躊躇《ためら》うようなもの用意するでしょ」

兄は決して常識がないわけではない。恐らく初心者向け、中級者向け……と段階を踏んだものを用意するだろうとは思っている。でも、その先にはヤバげなものが絶対控えているのだ。無理強《じ》いする人ではないが、せっかくだからと紹介くらいはしてくるだろう。

そうしたら、それがどんなにドン引きするような品でも、永之丞はチャレンジすると千登世は思うのだ。せっかくのお義兄《にい》さんの好意だからとか、今後のお付き合いもあるからと言って。何より、永之丞は優しい性格をしているので。

「そういうの、義兄のパワハラなんじゃないですか？」

『パワハラってそんな』

ここまでのやりとりは、まだ良かったのだ。

千登世と高千のやりとりもいつものノリの範疇《はんちゅう》に収まっていて、パワハラだなんだと言いながらも、それは本気の糾弾ではない。

だが。

『つまみはネタみたいなもので、ただ酒を飲みながら妹の昔話に花を咲かせたいだけだよ。永之丞くんも喜ぶだろ。アルバム見ながらなんて、きっと楽しいぞ』

「絶対やめて！」

兄のその発言を聞いた瞬間、千登世は大きな声で拒絶した。

千登世のアルバム。昔のあれこれ。

それを、永之丞に公開される。

「絶っっ対やめて」

千登世が一番されたくないことだった。正直、酒と一緒に語られる昔話などないのである。黒歴史なら、沢山あるけれど。

嫌な流れになってしまったと、千登世は自分の心の焦りに気付く。さっさとこの話題をうやむやにして電話を切らなければと、早口になる。

「いい？　必要な連絡はこっちからちゃんとするから、丞くんに直接電話かけてきたりしないで。っていうか、これ、お父さんお母さんから訊《き》かれるなら分かるけど、なんでお兄ちゃんが訊《き》いてくるの」

『今年は妹が旦那を連れてくる、初めての元旦だから？』

「新たな酒飲み仲間がほしいだけでしょ」

『なんだ千登世、最近棘《とげ》があるなぁ』

千登世の焦燥《しょうそう》を、きっと高千は微塵《みじん》も感じ取っていないだろう。理由を説明しても、理解できないかもしれない。

だがとにかく千登世は、自分の過去を酒の肴《さかな》にされるのは本当に御免だった。

「棘《とげ》が見えてるなら、取り扱いにはご注意ください。じゃあね」

このままでは埒《らち》が明かないと、強引に電話を切ってしまう。

「とせちゃん」

だが、声をかけられてはたと気が付く。もとは自分にかかってきた電話ではなかった、と。

「あ、ごめん。勝手に切っちゃって……」

ついでに、自分が未だ永之丞に抱えられた状態であったのにも気が付いた。よくこの状態で話していたな、と今更ながらに思う。

「なんかまだ話があった……？　お酒とつまみの話しかしてなかったと思うけど」

「まぁ大体そんな感じやったけど」

永之丞は千登世を畳に下ろして、くすっと笑った。

「お義兄《にい》さん、面白いよな。意外に親しみやすいというか」

意外に、とわざわざ言うそのわけ。

「だって確か、バリバリのエリートなんやろ?」

そうなのだ、千登世の兄・高千はとんでもなくエリート街道まっしぐらの人なのだ。

勉強、スポーツ、美術、何をやらせても人並み以上の才能を発揮する。ちょっと齧《かじ》っただけのスポーツで優秀選手に選ばれたり、夏休みの宿題で描いた絵が全国のコンクールで入賞したり。勉強なんかずっとトップの成績だった。有名私立大を出た後は、これまた有名企業に内定を得て、そのまま順調に出世街道を爆走している。

千登世なんか、就活中厳しい状況に立たされている時に、兄がいくつ内定を得ていたかという話を聞かされて、随分やさぐれた気持ちになったものだ。

とにかく、実に分かりやすく高千は優秀な人間なのだ。

更には高身長でスマートなモデル体形、しかも顔まで整っているなんて、神は二物も三物も与えすぎという話である。

「思えばとせちゃんとこって、なんか皆シュッとしとるよなぁ」

「シュッとしてるって何？」

永之丞が時々使うこの単語は、まだ今ひとつパシッと嵌《は》まる解釈が見つからない。

「シュッとはシュッとやん。こう……伝わらん？　シュッ！」

「伝わらないよ、ふふっ」

胸の前で十センチほど間隔を空《あ》けた状態で向かい合わせにした両手を、永之丞が天《てん》井《じょう》に向かって勢いよくスライドさせるので、千登世はおかしくて笑ってしまった。

「うーん、スマートってこと？」

「そういうニュアンスもある。それだけやないけど。そうそう、そんで、結局年末どうする？　とせちゃん、会社何日から休みやったっけ？」

会話が兄の電話の内容に戻っていく。千登世はカレンダーを頭に浮かべながら言った。

「二十九日からだけど……ウチには挨拶《あいさつ》がてらちょっと顔出すとかでいいよ」

「いやいや、そういうわけにもいかんって。それにお義兄《にい》さんは三十日の夜から実家帰るから、都合が合えばその晩とかどうかって」

「えぇ、長いよ、お兄ちゃんが本気で飲み出すと……長いというか下手《へた》したら夜通しだよ」

「付き合えるとは思うけどなぁ」

いくつかの思い出を振り返って、千登世はげんなりした声を出した。だが、永之丞は平気な顔だ。

これは紫暢から聞いた話だが、実は永之丞もお酒に強いらしい。だが、常日頃から沢山飲みたいというタイプではないらしく、たまに夕食時に嗜《たしな》む程度なのだとか。

なので実際のところ、永之丞がどれだけ飲めるのか千登世はまだ知らないのだ。

「それにとせちゃんの話、色々聞きたいし」

「！」

そう言われて、ドクリと忘れかけていた焦りが千登世の中で吹き返した。

「あの、それはちょっと、恥ずかしいというか」

他人に語られる自分の話ほど、恥ずかしくて堪《たま》らないものはない。しかも身内に語られるとなれば、中には蒸し返されたくないエピソードだって少なくない。

「さっきも小学生の時の遠足の話で」

「は……」

永之丞が微笑ましそうに語り出した内容に、千登世は凍り付いた。

「お弁当、明らかに大きさ違うのにお兄さんの分持ってって、しかも中身も自分の分は本当やったら好物ばっかやったのに、開けてみたら通常バージョンやったからってえらいしょんぼりして帰ってきた話とか」

「ちょっと、なんの話を……」

与《あずか》り知らぬ間に高千はしてくれちゃっているのだ。千登世の頬が引き攣《つ》っていく。

「アルバム、楽しみやなぁ」

「ひっ」

それは本当にご遠慮願いたかった。

「ピアノの発表会の写真とかあるって聞いたけど」

いつのものだろう。上手に弾けなくて、悔しくて悔しくてすごくむくれた顔をしていた年のものがある。それは絶対に見せたくない。兄より先に実家に帰ってアルバムを確保すれば見せずに済むだろうかと考えるが、忙しい年末にそんな余裕があるとは思えない。

それに、実家のアルバムは千登世と高千の写真が分けられていなかった。千登世の写真を見ようと思ったら、漏れなく兄の写真もついてくる。

それは、つまり――

「ね、ねぇ、やめよう！　アルバムは良くない！　私にも恥じらいとプライバシーというものが！」

「えぇ、とせちゃんが見せてくれたら、狸塚家息子達の生まれたてほわほわの写真を提供するんやけどなぁ……」

「ぐっ……」

それは見たい。千登世の心が思わずぐらつく。千登世の弱いところを、永之丞は的確に突いてくる。

見たい、いや、しかしそれでも。

「ペンディングさせてください!!」

すぐには決断できなかった。だって、狸塚家四兄弟のほわほわベイビーな時の写真なんて、そんなの、もう間違いなくラブリーでキュートに違いないのだ。できることなら写真の焼き増し、もしくはデータをコピーしてほしい。そう思うが。

このままここにいたら絶対に言い包《くる》められそうだったので、千登世は畳の上でくるりと踵《きびす》を返す。

「ひゃっ」

だが、技は華麗に決まらなかった。

要するに勢いがつきすぎて、入室時と同じくまたもやバランスを崩してしまったのである。

「とせちゃん！」

天井《てんじょう》を視界に入れながら、千登世はお尻から背中まで強《したた》かに打ちつけるのを覚悟した。

「……？」

しかし、一向に痛みは訪れない。

「びっくりしたぁ」

永之丞が咄嗟《とっさ》に抱き留めてくれたから。

「ご、ごめん……」

千登世の失態を、〝ええよ、ええよ〟と永之丞は笑って流してくれた。

そして、続ける。

「とせちゃん、結構どんくさいとこあるよなぁ」

永之丞の、何気ないその言葉が。

ただただ事実を突いただけの一言が。

「なんて言うん、一生懸命やねんけど、ちょこおっと抜けとるというか」

千登世の心に。

「そういうとこ、見てて可愛いねんけど」

思った以上にドスンと効いたのだ。

きっと他人からしたら、大したことない一言。そんなところに引っかかるなんて、意味が分からないと言われるかもしれない。

でもその日以降、千登世は永之丞に対していつも通りに振る舞えなくなってしまったのだ。

3

千登世には、自覚がある。

自分の度量の狭さとか、器量の無さとか、屈折した考えや心。

そういうものをいつまで経っても改善できない自分を自覚している。

けれど普段は、そういうダメな部分から目を逸らして、自分の心に余計な波風が立たないようにしている。

誰だって、そうして生きていると思う。折り合いをつけるというやつだ。

「そっちー、注文したのちゃんと来てる～？」

「あ、大丈夫です、来てます！」

クリスマス目前の週末。

この時期世間を賑《にぎ》わせるのは、聖なる夜のイベントだけではない。

そう、忘年会。

例に漏れず千登世の部署でも開催されていた。会も中盤を過ぎ、皆お酒もよく回ってきているので、会場となった居酒屋の一室もだんだんと緩い空気になってきている。

「皆、元気だな……」

一通り挨拶《あいさつ》回りは終わったし、ちょっと休憩と、千登世はくぴくぴ梅酒を呷《あお》っていた。つまみは、序盤に運ばれてきた後、すっかり存在を忘れ去られていた枝豆だ。

楽しそうな空気。離れたテーブルでは若手と部長が肩を組んで酒に興じていたりする。その様子を眺めながら、楽しそうに見えるこの人達の中にも、きっと悩んだり苦しんだりしている人はいるのだろうなと千登世は考える。

それぞれに人生があって、抱えている事情も様々だ。その中で、千登世が今抱えている悩みなど、きっとちっぽけなものに違いない。

「人と比べてどうこうって考えてる時点で、ダメなんだよね……」

傍に誰もいないのをいいことに、千登世は一人ごちる。

これまで気持ちに折り合いをつけて、上手くやってきたつもりなのだ。

でも、そう。千登世の人生は、意識して折り合いをつける必要があるものだった。

だから時折、自分の中の卑屈《ひくつ》な部分が不意に顔を出してくる。

〝どんくさい〟

この間、永之丞に言われた一言。

そのワードは、千登世に自分のみそっかす具合をまざまざと突き付けるものだった。

千登世の兄、高千はとても優秀だ。誰に聞いても、秀才で、運動もでき、見目もよく、人生の勝ち組だと言うだろう。

一方の千登世はというと、兄と並び立てるようなこれと言って特筆すべきものは、何もない人生だった。

勉強も運動も決して苦手ではない。全体を見れば、まぁいい方には入るだろう。けれど、それだけだ。絵を描いてもコンクールに入賞なんかしないし、一生懸命練習したピアノも発表会でとちってしまう。兄のように、なんでもそつなくこなせるタイプでは決してない。

比べると見劣りし、歴然とした差がある。それが千登世。

けれど、だからと言って兄と自分を事あるごとに比べ、鬱屈《うっくつ》した人生を送ってきたわけではない。

父も母も兄も、能力だけで人を見るタイプではなかったし、千登世と高千を比べるようなこともしなかった。家族仲だって悪くない。

家族以外からは、時折あからさまに兄と比べられることはあったが、それがどうしようもなく千登世の心を傷付けることはなかった。

千登世は千登世。

目立った特技がなくても、何事もそこそこでも、別に不幸は一つもない。そういう風に考えることができていたから。

「嫉妬の心が全くなかったわけじゃないけど、それはほんの一面でしかなくて……」

だけど。

『千登世って、どんくさいとこあるよなぁ』

高校生の時、高千が笑って言った。

あれは何がきっかけだっただろう。

その言葉があまりに衝撃すぎて、原因となった肝心の事柄については、正直しっかり覚えていない。

別に嫌味でもなく、悪意があったわけでもなかったと思う。素直な感想、あるいはただの事実。言われた千登世ですら、確かにそうかもと思ったのだ。

でもその言葉が、思いがけず千登世の何か根っこの方にあるものを揺るがした。

有り体《てい》に言えば、とんでもなく傷付いたのだ。

「おーい、飲んでるか」

「わっ、はい、飲んでます！」

かけられた声に、驚いて顔を上げる。課長がビール片手に、千登世の様子を窺っていた。

「一人でぼんやりして大丈夫か？　酔いが回ったか？」

「いえいえ、大丈夫です」

どうやら随分長いこと物思いに沈んでいたらしい。

「課長、まだ飲めます？　お注《つ》ぎしても？」

「お、ありがとう」

千登世は目に付いた瓶ビールに手を伸ばし、課長のグラスにビールを注《そそ》いだ。

「古森は飲んでるの梅酒か？　じゃあ、ビールはいいか」

千登世にビールを注《つ》ぎ返そうとした課長が、手を引っ込める。

「ええ、すみません。まずはこれを飲み切ろうかと」

「飲みたいものを、自分のペースで飲むのが一番だよ」

そう言って、課長が千登世の隣に腰を下ろした。

「古森も後輩が増えてきて、指導だなんだと、自分の仕事だけじゃなくて大変だろ？」

「そう、ですね。まぁ後輩の指導といっても、そんな大層なものが自分にできているのか、不安になりますが……」

「気持ちは分かる。人に教えるって難しいよな。相性もあるし。一つのやり方が万人《ばんにん》に通じるわけでもない。でも、古森はよくやってると思うぞ」

「そう言って頂けると、ありがたいです……」

「紺野とか、自分に直接ついていたわけじゃない若手にも目を配ってくれてるし、そういうの上司からするとほんとありがたいよ。いや、俺がちゃんと見てフォローしろって話なんだがな」

「いえ、そんな……」

「せんぱーい、飲んでますかー？」

離れた席から、美玖がやってくる。満面のにこにこ笑顔だが、これは酔っているのか否《いな》か。

「おっ、さっそく後輩が来たぞ」

「課長、先輩を独占するなんて。私も仲間に入れてください」

これは酔ってるのかもしれないと思いながら、千登世は素早く美玖のグラスに視線を落とした。中を満たす液体は透明。これは日本酒や焼酎なのか、はたまた酔い覚ましの水なのか。

千登世が見極められずにいる間に、別のテーブルから課長を呼ぶ声が上がる。

「……っと悪い、向こうで呼ばれてるから行くわ」

「はい。課長、注《つ》がれたからって無理に全部飲まないでくださいね」

「分かってる、分かってる」

美玖と二人きりになって、千登世はまず最初に気になっていることを聞いた。

「紺野ちゃん、それお酒？」

「あぁ、はい。日本酒です」

グラスの中で透明な液体が揺らめく。

「日本酒かぁ。紺野ちゃん、お酒は強いの？」

「強くはないんですが、お迎えがあると思うと、ちょっと進んじゃいます」

「銀次くん？」

「ふふっ、まぁ」

なるほど、強くないという申告は本当らしい。いつもなら銀次のことは話したがらない美玖だが、今日は自分から話題に出しているし、照れ隠しもなく機嫌良さそうに笑っている。

クリスマスはお家でまったりデートなんだっけと思うと同時に、自分と永之丞が当日何時に家を出るのか、上映時間の確認すらしていないことを思い出した。

「先輩？　酔ってます？」

「……どうかな」

ふつり、口数を減らした千登世を気遣うような美玖の声。

「ちょっと冷たい風に当たりたいかも？」

気分を切り替えたいと、千登世はそう口にして立ち上がった。

「あ、私もご一緒します」

たとえば、今日千登世がべろんべろんに酔っぱらってしまったら、きっと永之丞は心配して迎えに来てくれるだろう。

でも、また言われてしまうのではないだろうか。

『とせちゃん、こんなに酔うまで飲んだらあかんよ』

『とせちゃんはうっかりさんやな』

『ホンマ、心配してまうわ』

考えすぎだ、悪く捉《とら》えすぎだと、そう思う自分もいるけれど。

〝どんくさい〟

頭の中で兄の言葉が、永之丞の声で反響する。

「駄目だ、ネガティブが収まらない……」

夜風に当たれば、少しはこのこんがらがった頭もすっきり冷めるだろうか。


「わ、冷たい……」

「寒～い！　でも酔い覚ましには、丁度いいですね」

店先に出ると、外気は冷え切っていた。風はほとんどないが、コートを羽織っていない身体に冷気が襲いくる。同時に、美玖が言うように暖房で火照《ほて》った頬に当たる冷気は心地好く、気持ちをしゃきっとさせた。

「クリスマス、本当にホワイトクリスマスになりそうだね」

「ですね～、大雪は困りますけど、どうせ寒いなら降ってほしいかも。やっぱりちょっとテンション上がりますし」

「分かる」

白い吐息が、真っ暗な空に吸い込まれていく。

さすが年末、かつ週末ということもあって、通りは人で賑《にぎ》わっていた。楽しそうな談笑、千鳥足《ちどりあし》のサラリーマン、店先まで見送りに出ている店員。

「年末って慌ただしくて大変だけど、このドタバタした感じは嫌いじゃないなぁ」

「そうですね、クリスマスとか年末年始とか、楽しい予定も待ってますし」

二人でぼーっと通りを眺めていた時間は、多分一分にも満たなかっただろう。

「先輩？」

「うん？」

「なんか最近、元気ないですね？」

不意にそう言われ、千登世は返答に窮《きゅう》す。ほとんど断定口調での問いかけだったので、〝そんなことないよ〟の言葉は喉の入り口に引っかかってしまっていた。

「何か悩み事ですか」

「紺野ちゃん……」

悩み事ならある。でもそれはあまりに自分の内面に深く根差していて、他人に向けて言語化するには沢山のハードルがあった。なんとも言えず、曖昧《あいまい》な笑みで濁《にご》す千登世に美玖が続ける。

「先輩には散々お世話になったというか、ご迷惑をおかけしたので。仕事面では、私にできることなんてないかもしれませんが、他のことだったら何かお力になれるかもしれませんし」

美玖と銀次の件については、千登世は少しばかり話をしただけだ。美玖の中にある迷いに気付いていたから、ほんの少しその背中を押せただけ。大したことをしたわけではない。でも。

「ありがとう。そう言ってもらえるだけで嬉しい」

「……もしかして、旦那さんと何かありました？　喧嘩？」

あの旦那さんと先輩が喧嘩とか想像つかないですけどと言われ、確かになぁと千登世も頷いた。

「いや、別に喧嘩したわけじゃないんだけど」

でもこのまま長引かせれば、遠からず二人の間には明確な亀裂が生じるだろう。喧嘩だなんて、想像するだけでも胃が痛む。

「……そういえば、紺野ちゃんのところは、よく喧嘩するって言ってたよね。大人になると喧嘩って信頼関係がないとできないと思うから、すごいなって思って。だって、喧嘩するたび、ちゃんと仲直りできてるわけでしょう？」

大人になると、関係を修復しようと努力するより、割り切って、きっぱり線を引いて疎遠になる方がずっと多い。

「でもそれは、結果論ですよ。毎度絶対仲直りが保証されてるわけじゃないですし。先日の騒動も、先輩達がいたから別れなかっただけで、二人だけだったら確実に終わってたと思います」

美玖は千登世の言葉に、カラッとした顔で笑った。

「そうかもしれないけど、シビアだ……」

「私、人と人との縁って、細い糸で繋がってるイメージで」

それを伝えるように、左右それぞれの親指と人差し指を合わせて、すーっと引き伸ばす動作をされる。

「だから、切れる時は簡単に切れますよ」

確かに人と人の繋がりなんて、儚《はかな》いものなのかもしれない。

「でも、縁が繋がるのもまた、そんなハードルの高いことじゃないと思うし、切れやすいかもしれないですけど、努力次第で繋ぎ直すこともできると思うんです」

「なるほどなぁ……」

やり直しは場合によってはきく。美玖と銀次は、そうして何度も切れそうな縁を修復してきたのだろう。

「色んなことをややこしくしてるのは、自分なのかも。本当は、もっとシンプルに考えればいいんだよね」

「そうですねぇ。でも複雑に考えるのが生き物だし、シンプルに当たって砕ける覚悟をするのも、すごく勇気がいることですよ」

それもその通りだ。だから今、千登世は一人でうじうじしている。

過去の些細《ささい》な一言を歪《ゆが》めて、何十倍にも大きくして引き摺っている自覚はある。

本当は千登世も分かっているのだ。

千登世にはどんくさいところがあるし、うっかりしているところも多々ある。

分かっているのに、どうしてそれに傷付いたり、引っかかったり、わざわざ過去の動揺を持ち出したりするのだろう。

認めて、呑み込んでしまえばそれで終わるのに。

どんくさいと言われると、自分が懸命にやっていたことがそのたった一言に収まってしまうことに傷付く。そして未だにどうしても乗り越えられないでいる。

「あぁ～、生きるって難しい～」

「えっ、いきなりスケールが大きくなりましたね？」

「ふふっ、そうだねぇ。でも難しくない？」

「……それはまぁ、確かに。難しいです。真面目に考え出すと、どうにもならないやつですよ」

「だよねぇ……そろそろ中、戻ろうか」

いい加減、身体が冷えてきた。問題は解決していないが、頭はいくらかしゃっきりしたように思う。あまり外にいると風邪を引くと、千登世は美玖を店内に促《うなが》した。

4

黙々と、お互い作業を続ける。

永之丞はキッチンで野菜やキノコをひたすら切り、居間では座卓を作業場にして千登世が餃子の皮で餡を包んでいる。

今宵《こよい》はクリスマスイブ。

世間では、ローストチキンがメインディッシュとして食卓を飾るのだろうが、今年の狸塚家はそうではなかった。

聖なる夜を飾るのは餃子鍋。定番のチキンにしようという話もあったが、今回は以前作った時に千登世が美味《おい》しいと絶賛した餃子鍋がメインを勝ち取った。

多分永之丞が気を遣って、自分が少しでも喜ぶようなメニューにしてくれたのだろうと千登世は思っている。

二人の距離感は、依然として微妙な状態だった。どこかぎくしゃくしたままだ。いつも通りを意識すればするほど、空《から》回っている自覚が千登世にはあった。そんな自分に、千登世は更に落胆を重ねる。

「とせちゃん、野菜の方は準備できたで」

「うーん、こっちはあと十五個くらい。もうちょっと待って」

「手伝おか」

大皿に種々様々な野菜を盛って、永之丞が居間に移動してきた。

千登世の方の作業も大詰めで、大皿にはぽってりとした餃子がずらりと並んでいる。

「よいしょと」

永之丞も一枚皮を手に取って、餃子作りに取り掛かった。

手早く餡が包まれていく様子を、千登世は視界の端に入れて観察する。

千登世と永之丞では包み方がまるで違う。永之丞は小さな襞《ひだ》を四つほど作って皮と皮をくっつけるスタンダードな方法だが、千登世は左右の端を上に向かって角度をつけて畳み、フチをぎゅっと押さえてくっつける。そういえば、初めてこの包み方を見た時、永之丞が珍しがったことを思い出す。

『こっちのやり方の方が、餡いっぱい入らへん？』

そう訊《き》いた永之丞に、

『でもこの方が簡単で、失敗が少ないの』

と千登世は答えた。

『あぁ、確かに。とせちゃんのやり方の方が簡単で、破けたりしにくそうやね。子どもが挑戦する時なんかもその方がええかも』

そう、その通り。

その昔不器用だった千登世はお手伝いで餃子作りに挑戦したものの、皮を破いてしまったり餡がはみ出してしまったりとなかなか上手くできなかったので、包み方そのものを変えることにしたのだ。少し変わっているかもしれないが、これが千登世のベストなのである。

「よし、これで準備完了」

「あとは食べるだけだね」

全ての皮を使い切り、少しだけ余った餡は丸めてそのまま鍋で煮てしまうことにする。

卓上には既にガスコンロと土鍋がセッティングされていて、くつくつと黄金色《こがねいろ》のつゆが具材の投下を待ち構えていた。

「では、根菜の類《たぐ》いから」

薄切りにしたニンジン、大根などから入れていく。続いて葉物の芯の部分。それから餃子、キノコ。

「くたくたになるまで煮込むんがええねぇ」

「そうだね、つゆがたっぷり染み込んでるの美味《おい》しいよね」

頃合いを見計らって、それぞれ手持ちのお椀によそう。餃子はぷりっとしていて、噛むと中からじゅわっと肉汁と野菜の甘みが出てくるのが最高だった。

普段餃子を作る時はニラを入れるのだが、今回は抜いてある。代わりにたっぷり入れたのはみじん切りにしたキャベツだ。

ニラの入った餃子はパンチが効いていて美味《おい》しいけれど、やはりどうしてもニラの存在感が強く、鍋に入れると他の具材を圧してしまう。けれど今夜は、野菜の優しい味わいをそれぞれ楽しむ鍋だ。他の具材との調和を考えて、キャベツにしよと永之丞が言ったのだった。

「このお鍋だと、餃子無限にいけちゃう気がする」

「分かるわ」

二人でつつく鍋には、穏やかな幸福が詰まっている気がした。

くつくつと具材が煮える音、湯気がふんわりと広がる部屋、優しい匂いが空間を満たしている。何より冷えるこの季節、お腹の中からじんわり温まる感覚が、ここ最近の強張《こわば》った空気を解いていってくれるような気がした。

「とせちゃん」

「ん？」

「明日の予定なんやけど」

「あぁ、うん」

タイミングがなくて決め損ねていたが、明日はクリスマス本番。予定通りなら、綺《き》羅星《らぼし》キネマに連れていってもらえる約束だ。

「上映時間、午後一時のがええんちゃうかなって思うんやけど、どうやろ。ちょっと早めに出て、どこかでお昼食べてからとか」

「あぁ、いいね。そうしよ」

隠《かく》り世《よ》へのお出かけなのだから、きっとお昼も隠《かく》り世《よ》のお店になるだろう。片手で足りる数だが、千登世もあちらの飲食店に入ったことはある。やはり和風の店が多かった印象はあるが、現世《うつしよ》の飲食店とあまり変わりはなかった。

「それから、こっちもそろそろ決めとかなあかんと思うんやけど」

「うん？」

まだ何か決めないといけないことがあっただろうか。千登世は思い当たるものがなくて、首を傾げた。

「年末年始の予定」

だが、そう言われた途端、自分の内側が憂鬱《ゆううつ》な気持ちで満たされるのを感じた。

「……あぁ、そうだったね」

「とせちゃんとこ、いつ顔出そう？」

千登世の実家は、電車を乗り継いで一時間ちょっともあれば帰れる距離だ。いつでも帰れるが、実家も人が来るとなれば準備が必要だろうから、早く決めて連絡しておくに越したことはない。それは分かっている。どちらかというと、既に遅いくらいだ。

「えっと、狸塚家の方は」

「いつでもええって言うてるけど、おせちは俺らの分も想定して準備するつもりらしい。ウチは大晦日《おおみそか》から、どんちゃん騒ぎやからなぁ。飲むんと食べるんが延々と続く感じ」

「そうなんだ、すごいね」

カニ、フグ、牛肉、山のようなキノコ、つまみ、果物、酒。とにかくありとあらゆる食材をそれぞれが持ち寄るのだと永之丞は言う。一年で一番贅沢《ぜいたく》な食卓になる大晦日《おおみそか》は、幼い頃からとても楽しみで特別な日だったのだとか。

「ここからウチの実家、帰れる距離ではあるけど、一応泊まれるように準備してるって。藤次郎がもうえらい楽しみにしてるらしいから、できたら泊まったげて」

「じゃあ、大晦日《おおみそか》から元旦にかけてそっちにお邪魔する？　ウチは二日くらいにチラッと顔出せばいいよ」

新年の挨拶《あいさつ》と、食事を一緒に。それくらいで十分だと千登世は伝えたが、これには永之丞が難色を示した。

「いや、そんなわけには。とせちゃんのご両親やって、たまには娘の顔をちゃんと見て、ゆっくり過ごしたいはずやし」

「いやいや、あんまり気を遣わないで。ウチの両親、そういうの気にする人じゃないから」

「そうやとしても、ほら、二日やったらお兄さんも帰るくらいの感じやない？　会いたそうにしてはったし……」

だからである。会わせないわけにはいかないだろうが、二人の接触時間は極力短くしたいと千登世は思っていた。兄が帰る間際、たとえば昼食を一緒にするくらいの時間なら、千登世が目を光らせておけば色々と阻止できるはずである。

「それこそ別にお兄ちゃんの都合に無理に合わせる必要ないよ。一緒に飲みたい飲みたいって言ってるけど、あの人、一人でも十分楽しく飲めるから」

千登世の過去を酒の肴《さかな》になどしてほしくないのだ。

でも、千登世がそんなに嫌がるわけを、きっと二人は理解できない。

二人の均衡《きんこう》が崩れたのは、恐らくこのタイミングだった。

「……とせちゃんさ」

「俺、なんかした？」

「……え、何」

永之丞の顔を見ると、彼は真面目な顔をしている。千登世は自分の喉がきゅっと締まるのを感じた。

「とせちゃん、最近ちょっと様子が違う」

「そんなこと……」

首を振って否定するが、永之丞は引いてはくれなかった。

「ないことはないいん違うん？　とせちゃん、俺の察しが悪いんは申し訳ないって思うけど、何かあるんやったらちゃんと言ってほしい」

ちゃんとと言われても、何をどう説明すればいいのだろう。

お兄ちゃんと会ってほしくありません。

私のコンプレックスをこれ以上刺激されたくないんです。

そんなこと、言えるはずがない。

「俺ととせちゃんはもう他人やないやん。夫婦やん。そりゃ生活してたら気まずくなることもあるかもしれんけど、そのままでおったり、上手くいかんかったから簡単にはいさようならとはいかん。これからもずっと一緒に暮らしていくんやから、必要なことはちゃんと教えてほしい」

何か言わなくちゃ――内心の焦りはピークを迎えつつあったが、この場を収める言葉が見つけられない。

「……とせちゃんの実家に帰るのと、ウチに帰るん、別にそれほど日付は重なってないやん。でもとせちゃんの様子見てたら、俺ととせちゃんの家族を、あんま引き合わせたくない感じする」

「――――」

図星だ。その通りすぎて、言い訳も出てこない。千登世はグッと黙り込んだ。

先ほどまでは暖かく満たされていた空間が、どうしようもなく冷えていく。鍋がくつくつ煮える音だけが、気まずい沈黙をなんとか埋めてくれていた。

「……俺がなんか、したんやんな」

「違う」

けれどやがて落とされた永之丞の呟きには、間髪《かんはつ》容《い》れずに返事ができた。

だって、それは絶対に違うから。

「違うの。本当に違う」

「でもなんかあったんやろ？」

「私の、問題なの。私が私自身と折り合いをつけないといけない問題で」

そうだ、我慢すればいい。アルバムを開示されようと、昔の残念エピソードを酒の肴《さかな》にされようと、千登世が我慢すればいいだけの話だ。

だって全部本当のことだ。千登世と高千に落差があるのはただの事実だし、今までそんなの平気だったではないか。

「丞くんは悪くない。関係ない。大丈夫だから。じゃあ日程、ウチに泊まるパターンも考えようか」

それにきっと、知ったって永之丞は落胆したりしない。多少、彼の中で千登世の印象が変わることはあるかもしれないが、まさかそれで離婚の危機が訪れたりなんかはしないだろう。結婚してみて、相手の知らないところが見えてくるのなんて、当たり前のことなのだから。

だから、千登世はもう諦めて受け入れることにした。だが。

「……教えてくれへんの」

永之丞は本題、本質から目を逸らそうとする千登世を見逃してくれなかった。

「ごめん、空気を悪くしたいわけじゃないんだけど、でも本当に大したことじゃないの。ごめん、気を付ける。ほら、実家に誰かを連れて行くって緊張しちゃうでしょ。だからホント、気にしないで」

「とせちゃん」

笑って、沢山言葉を重ねて、それでもうお終《しま》いにしたかった。

「言ってくれへんと分からへんよ」

謝ったし、覚悟も決めたし、もうそれでいっぱいいっぱいなのに、どうして永之丞はそれで良しとしてくれないのだろう。何もかもを詳《つまび》らかにするのが、夫婦だと言いたいのか。

「言いたくないって言ってる！」

気が付いた時には、大声で叫んでいた。

「なんでそんなに追及するの！　そっとしておいてほしいの、放っておいてほしいの、丞くんは悪くないし、関係ないんだから！」

「そっとしといたよ！」

対する永之丞の声も激しさを孕《はら》んでいた。いけないと思うのに、二人の間に暴風が吹き荒れて、小さな火種が煽《あお》られ大きな炎になっていく。

「そやけどなんも良くならんかったから訊《き》いてるんやろ？　なんでもないことないのに、なんでそんなにきっぱり拒絶するん！」

「だって本当に丞くんには関係ない！　丞くんには分からないよ！」

それが、本音だった。

話したところで分からない。そういう気持ちが厳然と千登世の中にはあった。

だって、永之丞は違うから。

狸塚四兄弟は本当に仲がいい。永之丞をずっと見ていたから知っている。

彼は弟達のできること、得意なことを伸ばすのが上手い。できないことをなんでできないのかと指摘するのではなく、どうしたらできるようになるか導く方法を知っている。そんな柔らかい心で接してくれる兄に、弟達は懐《なつ》いている。丸くて、温かくて、完璧な兄弟。

あぁいう環境で育っていたら、千登世もコンプレックスなんて持たなかったかもしれない。

　そう、だから多分、千登世は勝手に期待していたのだ。

『とせちゃん、結構どんくさいとこあるよなぁ』

　永之丞はそんなことを言わないと。彼が弟達に接する態度を見て、勝手に思い込んで安心していた。

　だから、彼の口から千登世が一番ネガティブに感じる言葉が出てきたことに驚き、過剰反応してしまったのだ。

　そこで初めて、自分が永之丞に対して、妙な幻想を抱《いだ》いていたのだと気付いた。

　永之丞なら優しく柔らかな言葉だけをくれると、勝手に期待していた。

　けれど、実際は違って。

「……なんかそれはちょっと酷ない？」

　喧嘩なんてしたくない。きっと永之丞も同じ気持ちでいる。

「俺はとせちゃんに、そんなに関わらせてもらわれへんの？　拒《こば》むべき他人なん？　誰にだって人に言いたくないことがあるんは分かる。土足で立ち入られたくない場所があって当然やと思う。でも、今とせちゃんが抱えてる問題に、本当に俺は一ミリも関係ないん？」

　それなのに、永之丞は千登世が引いた拒絶のラインを踏み越えてきた。

「――――」

再び沈黙が部屋を支配する。どれくらい経った頃だろうか。千登世は俯《うつむ》いたまま、ポツリと呟いた。

「分かってくれなくて、いいことなのに。どうしてそれじゃ駄目なの」

第五話　もふもふの待つ家

1

「なんやの、苔玉《こけだま》みたいな格好して」

インターホンは鳴らなかった。玄関の引き戸が滑る音もしなかった。きっと、換気のために開けていた縁側のガラス戸から入ってきたのだろう。

紫暢は仕事部屋の和室の真ん中で丸まっていた永之丞の背中に、呆れた声を落とす。

苔玉《こけだま》。

確かに今日身に着けている着物は濃い緑色をしていので、永之丞の蒸し蒸しじめじめしている心模様と相まって、ぴったりな表現と言えばそうだった。

「化けるなら、ちゃんと化け」

脇腹をつんつんつつかれたが、反応するほどの元気も残っていなかった。

「俺がほんまもんの苔《こけ》やったら、庭の彩《いろど》りの一つにでもなったやろうに……」

「何言うてんの？」

紫暢が本当に呆れたようで、気の抜けた声を向けてくる。

クリスマスイブから、地獄のような数日だった。

千登世と揉めてしまったあの日。二人は修復の糸口を見つけられず、あるいは修復する気そのものがなく、食事も中途半端なままお互い部屋に引っ込んでしまった。というより、二人の寝室に千登世はやってこなかった。客間で過ごすことにしたらしい。

もう本当に大ダメージだった。

千登世の言葉に傷付いたのは確かだが、それでも永之丞は千登世を嫌いになったわけではない。けれど物理的にはっきり距離を取られて、一緒にいたくないのだと突き付けられたことが本当に辛かった。

どんなに気まずくても、永之丞は千登世に傍にいてほしかったのだ。

翌朝、昨夜食べ損ねたクリスマスケーキを、永之丞は朝食代わりに一人で食べた。あんなに虚《むな》しい気持ちでケーキを食べたのは初めてだった。もちろん、映画どころではない。苦い気持ちのまま、クリスマスは終了した。

千登世はというと、その後も朝は早くに出社し、帰ってきても本当に必要最低限しか口を利くことはなくて、とんでもなく居心地の悪い日々を幾日か過ごした。

そして明日から年末年始の休暇というその夜、千登世はついぞ家に帰ってこなかった。

連絡は取っていない。しても逆効果かもしれないし、きちんと書き置きはあったので。

『頭を冷やしたいので実家に帰ります。丞くんは、一ミリも悪くありません。ごめんなさい』

永之丞は呆然とその書き置きを眺め、打ちひしがれ、そうして年末の自宅で一人じめじめと引き籠《こも》っていたのである。

「それにしてもまぁ、こんなことになるなんてなぁ」

意外やわぁと紫暢が漏らす。

「まぁでもあれよ、夫婦喧嘩なんてのは一緒に暮らしてたらどこかで絶対するもんよ。何回かして、お互いの落としどころとかを見つけていって、そのうち上手く喧嘩ってイベントとも付き合えるようになるんちゃう?」

「この一回が最初で最後かもしれんやん……」

「いやに弱気やなぁ」

このまま千登世が帰ってこなかったら、どうしよう。頭を冷やした結果、別れる方向に心が決まってしまったら?　次にコンタクトがあったと思ったら、それは自宅の郵便受けに投函された離婚届かもしれない。

千登世から距離を取られていることには、早くから気付いていた。

たとえば、ある頃から千登世はほとんど永之丞の尻尾《しっぽ》をもふもふしていない。わざと彼女の前でこれみよがしに尻尾《しっぽ》をゆらゆらさせても、ちっとも食い付いてくれなくなった。

普段は尻尾《しっぽ》ばかりに構ってと思っていたクセに、いざピンチになると尻尾《しっぽ》頼みで、しかしそれも上手くいかずに焦った結果、結局このざまである。本当に情けない。

「そんで、紫暢ねぇちゃん、どうやったん」

しょぼくれた声で、永之丞は訊《たず》ねた。

メンタルはボロボロの状態の永之丞だったが、実は虫の息ながらもこのイトコを頼ることにしたのだ。一縷《いちる》の望みをかけて、あることを調べてもらうために。

「あのなぁ」

紫暢はしょうがないなぁと大きく溜め息を吐いた後、一言きっぱり告げてきた。

「なーんも憑《つ》いとらんよ」

「うぅっ……」

半ば分かっていたことではあったが、すぱっとした物言いが永之丞の胸にクリティカルヒットする。

紫暢には、千登世の実家までこっそり様子を見にいってもらったのだ。千登世に、何か悪いものが憑《つ》いているのではないか、その可能性を見極めてもらうために。

人の心を不安にさせるあやかしや呪いの類《たぐ》いは、そう珍しくない。普段は御せているような小さな心の影に取り憑《つ》いて、不必要に不安や不満を煽《あお》り、その心を食い物にして力をつけるようなあやかしもいるのだ。

永之丞は千登世が急にあそこまで不安定になったのには、何か外因があるからではと、その可能性に縋《すが》りたかったのだが。

今それは、見事に否定されてしまった。

いや、何も悪いものが憑《つ》いていないのなら、それは本来安心すべきことではあるのだが。

「アンタが不安にさせとるか、千登世ちゃんがもともと抱えとったもんをアンタが知らんだけ、教えてもらっとらんだけやない？」

紫暢の言葉には容赦がない。

「不和はなんでも〝あやかし〟が原因なん？　その方が〝楽〟で〝分かりやすくて〟〝どうにかできる〟もんなぁ。そら、そっちの方がええわね」

永之丞の甘さ、弱さ、都合のいい展開を望む心を見事に突き刺していく。

「紫暢ねぇちゃん……」

「なんよ？」

「いえ、ぐうの音も出ません……」

「やろね」

あやかしの仕業《しわざ》ではないとはっきりしたからには、これは純粋に千登世と永之丞の問題なのだ。

きっと自分が、彼女の柔らかく脆《もろ》いところを踏み抜いてしまったのだろう。

けれどその具体的なところは、どれだけ考えても分からなかった。

多分、千登世は何かに酷く傷付いていた。

彼女の言う通り、それが永之丞には関係ない、彼女の内面に根差した問題だったとしても、そこに要《い》らぬ刺激を加えたのは絶対に永之丞なのだ。だから、二人の仲はあんなにぎくしゃくしてしまっていたのだ。

「まぁ反省するのも大切やし、塞ぎ込む気持ちも分かるけど、いつまでもそうしてても解決はせぇへんし」

と紫暢が言い差したところへ――

「よ、兄貴！　フラれたってほんまなん⁉」

この場にそぐわない、ひどく明るく無神経な声が響いた。

「うわっ、は⁉　大黒、なんでここにいるんっていうか、なんで知って……！」

縁側からずかずか上がり込んできたのは、狸塚家次男の大黒。

「そのままそこで丸まったまま年越しするん？　空気澱《よど》んでんで。こういうんは、年の瀬にぐわっと全部祓《はら》っとかな。今年のことは、今年のうちに」

「他人事《ひとごと》やと思って、簡単に言うわ……」

「そやけど、長引かせたら長引かせるほど拗《こじ》れるんちゃうん」

それはその通りである。

けれど、正面切ってぶつかって、この結果なのだ。これ以上行動を起こすことが本当に正しいのか、迷いもある。

永之丞はのろのろと身体を起こし、久しぶりに顔を合わせたすぐ下の弟を見上げた。

「とりあえず、美味《おい》しいもんでも食べて気持ち立て直しぃや」

にかっと白い歯を見せる大黒は、大きな発泡スチロールの箱を抱えていた。多分中には年末年始のご馳走の一つ、カニやらホタテやらといった海の幸が詰まっているのだろう。

永之丞と大差ない大きな身体、短く刈り上げた黒髪、よく通る大きな声。

大黒は兄弟の中で一番楽天的で、陽気なムードメーカー的存在だ。今はもう独立して実家を出ているが、こうしてわざわざ実家ではなく永之丞の家を直撃して、こんな発言をするということは。

「紫暢ねぇ、今回のことあれもこれも話したな……⁉」

「アンタはねぇ、なんでも一人でどうにかしようとしすぎなんよ。弟三人も面倒見てたら、まぁそういう風になるんも分かるけど」

じとっとした目を向けると、ぽんぽんと元気付けるように紫暢は永之丞の背中を叩いた。

「こういう時はね、参考意見沢山聞いといた方がええんよ」

それにどうせ実家に一人で帰れば、あるいは年末に帰ってこないなんてことになれば、二人に何かあったなんてすぐにバレるんやからと言われ、それはその通りだと永之丞も思った。

2

あっという間に大晦日《おおみそか》。点《つ》けっぱなしになっているテレビは、年の瀬の慌ただしい雰囲気の街中の様子を流している。

千登世は高校卒業まで毎日のように過ごしていた実家のリビングで、ぼんやりしながらアルバムを捲《めく》っていた。

堆《うずたか》く積まれたアルバムは、両親が子どもの成長を見守ってきた一つの証《あかし》だ。今眺めているのは、千登世がまだ幼稚園の頃のものだった。

写真の中の千登世は、アイス片手に泣いている。ソフトクリームの上の部分を落としてしまったらしい。記憶にはないが、記録にはこうして残っている。

幼稚園のお遊戯会で決めポーズをしている写真。かけっこで一等賞を取った写真もあったが、膝には大きな絆創膏《ばんそうこう》が貼ってあった。こちらは記憶にある。途中で転んだのだ。

小学校中学年から高学年といった頃の兄と、二人並んでいる写真もある。二人とも何かのお出かけか、余所《よそ》行きのきちんとした服を着て手を繋いでいた。

その次には、作文コンクールで最優秀賞を取ったらしい兄が賞状と一緒に、溌剌《はつらつ》とした笑顔で写っている。

「……やっぱすごいな」

顔を上げると、リビングの棚には大小様々なトロフィーや盾が並んでいた。そのほとんどが兄の高千のものである。

人を妬《ねた》んでも仕方がないと知っている。だから千登世の感情は、いつだって内側に向かう。

兄妹だから似ているところもあるが、似ていない部分の方がずっと多い。そんなの当たり前だ。千登世と高千は別の人間で、同じである必要はないのだから。

なのに。

「なんで、あんなこと言っちゃったの……」

永之丞に感情的に向けた言葉を思い出す。

放っておいてほしかったというのは本音だ。永之丞には分からないだろうというのも、本音。でも、それをあんな形で本人に伝える必要はなかった。

しかもその後は、気まずさを取り繕《つくろ》うこともせず、目を逸らし、会話を避け、挙句の果てには逃げるように一人で実家に帰ってきてしまった。

こんな自分に、永之丞はもう愛想を尽かしてしまったかもしれない。

「なんで、あんな小さな言葉に引っかかって、ここまで大事《おおごと》にしちゃったの」

大したことじゃなかったはずだ。千登世が気持ちを切り替えれば済んだはず。

なのに変な理想を永之丞に押し付けて、勝手にショックを受けて落ち込んで、不必要に引き摺った。その結果が、これだ。

千登世は別に、高千のことを嫌ってなどいない。高千を意地悪だとか、こちらを見下しているとか思っているのでもない。今まで色々な場面で助けてもらってばかりだったと思う。

高千のことを、永之丞と比べて悪く言いたいわけではないのだ。

けれど、あの時の何気ない一言が棘《とげ》になっているのも事実で。

永之丞ならば、柔らかさだけで自分を丸のまま受け入れてくれるような気が、自分の嫌な、苦手な言葉を向けるようなことはしない気が勝手にしていて。

「めちゃくちゃだし、我儘《わがまま》だ。あんな風に、子どもみたいに感情をぶちまけたりして」

溜め息を吐いて、別のアルバムを手に取る。

こんなの、ただの記録だ。家族の思い出の一部を切り取って、単に保管しているだけに過ぎない。

でも、見られたくなかった。可愛いエピソードとして、過去のあれこれを話のネタにされたくなかった。他人から見て微笑ましくても、千登世にとっては苦い過去でしかないことばかりだから。

アルバムの中には、千登世が蓋《ふた》をしてしまいたい感情が生々しく残っている。

永之丞には分からないのかもしれない。兄という立場で下の子を見ている彼には、上のきょうだいからあれこれ言われることの堪《たま》らなさが想像できないというか、発想すらないのかもしれない。

「まぁ、言われても平気な子だっているし。私が変に反応してるだけなんだけど」

また大きな溜め息を一つ吐く。

「……これから、どうしよう」

今のままでは駄目なのは、千登世にだって分かっていた。状況があまりに一方的すぎる。

でも、謝って、許してもらえたとしても、また同じようなことで永之丞を傷付けてしまうかもしれない。それが怖かった。

「千登世～、ちょっと大皿取ってきてくれる～？」

キッチンから母が呼びかけてくる。醤油や砂糖が一緒にくつくつと煮込まれている、優しくどことなく懐《なつ》かしい匂いがリビングまで漂《ただよ》ってきていた。おせちの仕込みをしているのだ。

手伝おうとしたのだが、もう大体済んでいるからとキッチンから追い出されてしまっていた。

「どの大皿？」

「古伊万里《こいまり》の、大きいのあったでしょ、それお願い」

「分かった」

「高千は何時くらいになるって言ってたかしら」

「駅に着くのが十七時くらいって言ってなかった？」

母の態度はいつも通りだ。いつも通りだと千登世が感じられるように、振る舞ってくれている。

『丞くんと喧嘩した。喧嘩したと言うより、私が全面的に悪い。それで、気まずくて、一人で勝手に帰ってきてしまいました』

帰省の第一声でそう伝えていた。

永之丞は悪くないのだと、それはちゃんとはっきりさせておきたくて。

『距離を置くことも時には必要だけど、あんまり時間が経つと逆に糸口がなくなるわよ。ここにいるのはいいけれど、早めにちゃんと話をしなさいね』

母にはそう言われただけ。喧嘩の詳細を訊《き》かれることはなかった。

父は、ただただ心配そうにしていた。その顔を見て、千登世はふと思い出した。

両親は滅多に喧嘩することはなかったけれど、たまに不和が起きてもそれを長引かせることはなかった。家の中がギスギスした空気になったことは、思えばほとんどなかったのだ。

居心地のいい場所を作ってもらっていたんだなと、子どもの頃には意識もしなかったことに気付かされたのだった。

「なんでそんなに顔色変わらないの、不思議だなぁ」

「こればっかりは生まれ持った体質だな。あと、オレは酒が抜けるのが早い」

相変わらず点《つ》けっぱなしにしているテレビからは、歌手が代わる代わる歌を届ける。大晦日《おおみそか》の夜の定番番組。それをBGMに、ダイニングテーブルに頬杖を突きながら、千登世は向かいでずっとお酒を飲んでいる兄を眺めた。

夕方帰ってきて晩御飯を食べたと思ったら、そこから飲酒のターンに入ってしまったのである。

父は捕まると長いのが分かっているからか、お風呂に入るとさっと引っ込んでしまった。母は友人から少し前に電話がかかってきて、これまた席を外している。

涼しい顔をしている兄は、先ほどから結構な量を空《あ》けているはずなのに、ちっとも顔色が変わらない。

「千登世は飲まないのか。ほら、これ、この梅酒なんかはジュースみたいなもんだぞ」

差し出された瓶は、辛口の酒を好まない自分のためにわざわざ用意してくれたものだろう。けれど千登世はゆるゆると首を横に振った。

「ごめん、そういう気分じゃないから」

「あぁ～、今年の年末は存分に晩酌《ばんしゃく》できると思ったんだけどなぁ」

「してるじゃない」

「これは独酌《どくしゃく》」

「注《つ》ぎましょうか？」

「お酌《しゃく》をしてほしいわけじゃないんだよ」

高千はそう言って、独酌《どくしゃく》を続ける。

何か話題をと思って、千登世は兄に質問を投げかけてみた。

「そういえばお兄ちゃん、今彼女いないの？」

「いないな」

「仕事が忙しいから？」

「それもあるけど、今は本当に仕事が楽しくて、そっちに集中したいんだよな。海外出張も多くて、暮らしが落ち着かないってのもあるけど」

兄は、世界を股にかける男なのだ。

「千登世は？」

「え？」

「この一年、どうだった？」

「私は……」

訊《き》き返されて、考える。

この一年。永之丞と過ごした一年。

新しいことばかりだった。知らないことばかりだった。自分の見ていた世界は本当に一部でしかなくて、その裏側に息づくものが確かにあることを教えられた。

永之丞は優しくて、義理の家族もとても良くしてくれて、義弟は懐《なつ》っこくて皆可愛い。隠《かく》り世《よ》の出来事は刺激的ながらも、永之丞と暮らすあの家の中はいつも穏やかな空気で満たされていた。

　千登世、と改めて呼びかけられて、兄の方を見遣《や》る。

「今回のこと、中身は知らないが、千登世が悪いっていうのはよく分かった」

「………………」

「自分でもそう思ってるなら、なおさら永之丞くんときちんと向き合う必要があるんじゃないか？」

　痛いところを突かれる。千登世は自分が悪い、ごめんなさいと言うだけで、問題の核心についてははぐらかし続けている。

「言いたくないことがあるにしても、どうして言いたくないのか、それを伝える必要はあるんじゃないか」

　それをしてないからそんなに後悔してるんだろうと言われて、確かにと千登世は感じた。

「そんなにどうしようもなく、乗り越えられないことなのか？」

　そんなことはない。ないはずだ。

「永之丞くんのことを信じられないのか？」

　そんなことはない。

「信じられないのは、丞くんじゃなくて、自分の方で……」

知られたくなかったのだ、と千登世は認める。

なんでもできる兄と比べられたくなかった。家にある数々の賞状やトロフィーはほとんど兄のもので、アルバムを捲《めく》れば千登世にとっての黒歴史がちらほら。その隣には兄の輝かしい思い出が溢《あふ》れている。

酒の肴《さかな》に、兄は沢山の思い出話を永之丞に聞かせるだろう。そのどれもがきっと、兄にとっては微笑ましいもので、けれど千登世にとってはそうじゃない。

千登世は、永之丞にパッとしない自分を隠しておきたかったのだ。兄と違って不出来な自分を知られたくなかった。

永之丞は、そういうことを気にするひとではないのに。

「ねぇ、お兄ちゃん」

「ん？」

「昔……」

自分の何を見て、どんくさいと言ったのか。聞こうとして、千登世は頭を振った。違う。今更聞いても意味がない。本人にきっと他意などないのだから。そもそも覚えているかも怪しい。

眩《まぶ》しすぎて、時に千登世を傷付けることもあるけれど。

沢山助けられたし、可愛がられてもきた。千登世はこの兄を嫌っていない。そして、兄に嫌われていないことも知っている。

「私のいいところって、どういうところだと思う？」

「うん？」

千登世は直前までの言葉を呑み込んで、代わりにそう訊《き》いてみた。

「率直なご意見をお願いします」

「そうだなぁ」

手にしていたグラスをテーブルに置いて、高千はじっと千登世の顔を眺めた。

「――これと決めたことには一生懸命なところ。あと、人のことをよく見てる。よく見てるから、できることや言えることがある」

「なるほど……？」

分かるような、分からないような微妙なところだ。でも、少なくとも、いいと思ってもらえるところが自分にもあるのだ。

『そんなにどうしようもなく、乗り越えられないことなのか？』

兄の言葉を胸のうちで繰り返す。

そんなわけがない。千登世が少し勇気さえ出せば、乗り越えられる問題だ。

「帰ろうかなぁ」

ポツリと千登世は呟いた。口にしてみたら、そうするべきだという気持ちが強まった。

「今から？」

「早い方がいい気がする。今年のことは、今年のうちに」

「まぁそうだな」

永之丞はきっと千登世の拒絶に傷付いた。幻滅されたかもしれない。でもそれは、千登世が引き起こしたことだ。

亀裂は入ってしまったかもしれないけれど。

「一緒にいたいから、できること、できるうちにちゃんとしないと」

遅いし駅まで送っていくぞという兄の申し出を、素面《しらふ》に見えてもアルコールがしこたま入ってるんだからと断って、千登世は年の瀬の寒空の下へ飛び出した。

吐き出した息は白く、頬に当たる冷気が肌を刺したが、今の千登世には目が覚めるような心地だった。

3

「ちょっと永之丞、そんな隅でダンゴ虫みたいに丸まってないで、こっちで食べなさい」

結局紫暢と大黒に引っ張られて、永之丞は単身実家に帰ってきていた。

「兄貴、落ち込んでる時こそ栄養摂らな」

「そうやで、大黒兄さんが持ってきてくれたカニ、お刺身でもお鍋でも美味《おい》しいし、お腹が満たされればちょっとは気持ちも上向きになるんちゃう？」

大黒と九重が口々にそう言うが、とてもわいわいできる気分ではない。

「ごめんな、楽しい年末の宴席に、暗い空気持ち込んで……」

「兄さん……」

昼間は良かった。あちこちの大掃除に精を出し、母と一緒におせちを詰め、晩ごはんの準備をする。そうやって忙しさに追われているうちは、一時的に考え事を脇に置いていられた。

だが、やることがなくなってしまうともう駄目だった。寂しさと憂鬱《ゆううつ》が身体の中をぐるぐると勢いよく巡《めぐ》る。

「丞にぃ、カニさんおいしいよ。食べよ。ほら、あーん」

藤次郎が気を遣って、小皿に取り分けた鍋の具を永之丞の口元に運んでくる。

「あぁ、藤次郎、こらこら」

熱々のカニを突き付けられて、反射的に永之丞は口を開いた。

「永之丞もせめて起きなさい。お行儀悪いやろ」

すかさず小菊から叱責《しっせき》が飛んできて、その通りやなとのそりと身体を起こす。

「おいしい？」

「うん、旨みがギュッと詰まっとる」

「千登世ちゃんも、食べれたら良かったねぇ」

「…………そやね」

邪気のない発言が、ストレートに胸を抉《えぐ》った。

千登世も、ここにいたら良かったのに。

本当なら、皆でわいわい楽しく話をしながら、お腹いっぱい美味《おい》しいものを食べさせたかった。美味《おい》しいねと笑顔を零す千登世を隣で見ていたかった。

当然、そうなるものと思っていた。

まさか千登世と離れ離れのまま、冷え切った状態で年の瀬を迎えることになるとは、露《つゆ》ほども思っていなかった。

「何があったかは訊《き》かないが」

ぼそりと口を開いたのは、父の重一郎《じゅういちろう》だった。

「揉め事言うんは、やらかした本人は気付かないような、些細《ささい》な言動が発端であることがほとんどや」

細身の身体は永之丞や大黒と並ぶと本当に親子？　と思われることもあるくらいだが、いつも落ち着いてどっしり構えてくれている一家の大黒柱だ。口のよく回る狸塚家の中では存在が薄れがちだが、肝心な一言はいつも父が発する。

「ほんまに心当たりがないんか」

ないことはない。だから口にした。千登世は自分と家族を会わせたくないみたいだがどうなのか、と。

「千登世さんが言うように、原因がほんまに千登世さんの中にあるんやとしても、そこにいらん刺激を加えた可能性はあるし、そうでなかったんやとしても、寄り添い方っていうのは大切やで」

「……………」

言われて、ふと気付く。

永之丞は今の今まで、自分に何か至らないところがあったのだと思っていた。だから千登世は永之丞を自分の家族と会わせたがらないのだと。

だが、思い返せば千登世は兄からの電話をどことなく嫌がっているようだった。

永之丞を見せたくないのではなく、永之丞〝に〟見せたくないのだとしたら。

「丞にぃ、ごめんなさいした？」

藤次郎が心配そうに永之丞の顔を覗き込む。

「千登世ちゃんがごめんなさいする方？」

「じろ、やめたり、永之丞が微動だにせんようになってる」

何を、永之丞に見せたくないのだろうか。

家族仲は悪くないように見えた。だからこそ、兄の高千もああやって連絡を寄越してきたりするのだろう。

私が悪い、私に原因がある、自分の問題だと繰り返していた千登世。

その原因を話したくないのは、何故だろう。

彼女がしょうもないことだと言っていたことを、ふと思い出す。

自分の悩みをしょうもないと言うのに、千登世はそれに囚《とら》われていた。その時点で、本人にとってはきっとしょうもなくなんてない。

けれど、あえてそう言うということは――

「人にそう思われるんが怖いから……？」

「丞にぃ？」

一目惚れだった。一目見た瞬間に、ビビッときた。そして藤次郎を助けてくれようとしたその優しさに、ころっと参ったのだ。

小さくて、笑うと可愛くて、一生懸命で、ちょっと抜けてて。美味《おい》しいとか楽しいとかありがとうを、こまめに伝えてくれる。

そんな千登世が永之丞は好きだ。

「でも、まだたった一年やもんな……」

好きだ、と思った自分の直感が間違っていたとは微塵《みじん》も思わない。けれど、知り合ってまだたったの一年。知らないことの方が圧倒的に多い。

千登世の柔らかいところを、きっと永之丞はまだ知らない。

「ごめん、ちょっと行くわ」

そこに、自分は無遠慮に触れてしまったのだ。

「永之丞？　行くってどこに？」

「とせちゃんとこ！」

唐突に自分のうじうじ具合に嫌気が差した。いや、どうしてそんなことをして無意味に時間を潰していられたのか信じられなかった。

今すぐにでも、伝えられることは全て伝えるべきだ。相手のあることは、タイミングを逃すと修復が難しくなってしまうから。

すくっと立ち上がり、乱れた着物を直しながら羽織を掴んで玄関へ飛び出す。

「あぁ、待ちぃ、明かり、明かり持っていかな！」

そんな永之丞の後を、紫暢が慌てて追いかけてきた。

「あぁ、ほんまや」

火を灯《とも》した提灯《ちょうちん》を手渡される。先ほどまで浴びるように酒を呑んでいた紫暢なのに、足元はちっともふらついていなかった。さすが蟒蛇《うわばみ》である。

「お肉もカニもお刺身も、全部ちゃあんと二人分取っておくから、安心して行ってきぃ」

笑顔で、そう送り出される。

「ねぇ、千登世ちゃん来てくれるの？　やったぁ！」

背後では、藤次郎の明るく屈託《くったく》のない声が響いていた。

4

意を決して帰宅したはいいものの、自宅は暗闇に包まれていた。防犯対策か門燈だけは点《つ》いていたが、引き戸を開けた先の廊下は見通せない。

千登世は肩透かしを食らった気分になったが、それもそうかとすぐに思い直した。

「多分実家に、帰ってるんだよね……」

永之丞が一人で帰っている時点で、二人の間に何かあったことは義実家には伝わっているだろう。

気まずい。今からそこにのこのこ顔を出しに行くことを考えると、ものすごく気まずい。けれど自分が引き起こした事態だ。そんなことは言っていられない。

「……よし！」

千登世は気合を入れるように自分の両頬をぺちんと叩いてから、玄関の内側から向かって右の引き戸に手を掛けた。

「丞くんと、ちゃんと話す！」

決意も新たに一歩、隠《かく》り世《よ》へと歩を進める。門燈の横を潜《くぐ》り抜け、敷地の外へ繰り出せば――

「あれ？」

そこはいつもと違い、真っ暗闇だった。

「うそ、え……？」

何が起こったのか分からず、千登世は目を白黒させる。

家の敷地から外の道へ、一歩出ただけだ。そこにはいつも通りの、提灯《ちょうちん》の明かりに美しく照らし出された隠《かく》り世《よ》の街並みがあるはずだった。

なのに。

「なん、で」

実際には一歩出た瞬間、周囲が真っ暗闇に沈んでいた。左右も行く手も、見上げた空までも真っ黒に塗り潰されている。そう、空が黒いのも夜空だからというわけではなさそうだった。

たとえるなら絵の具の黒、ウルトラブラックで均一に塗り潰したみたいな黒。星が瞬《また》く様子も全くない。

そして、足元には白砂利を敷いた道がすっと真っ直ぐ伸びていた。

これもおかしい。家の前から伸びる道はこんな舗装ではなかったはずだ。

「……戻らなきゃ」

これはいけない。

下手《へた》に歩を進めれば取り返しがつかなくなるというに確信に、千登世は前を向いたまま、一歩後ろへ足を戻した。そうすれば、当然もとの場所へ引き返せるはずだった。

けれど。

「えっ⁉」

足を引いても、視界に門燈が入ってこない。慌てて振り返ると、背後には白砂利の道が遥《はる》か彼方《かなた》まで伸びていた。

「家がなくなってる……⁉」

忽然《こつぜん》と消えてしまったとしか言いようがない状況。

どこから伸び、どこまで続いているのか分からない、真っ暗闇の中に奇妙に浮かび上がる白い砂利道。それだけが、世界の全て。

そこに、千登世だけがポツンと取り残されている。

「どうしよう、こんなの初めて……ここ、どこ？」

じっとしているべきか、進むべきか。

分からない。どちらも危険な気がする。

けれど、と考え直す。

「じっとしてても、誰が迎えに来てくれるわけじゃない……」

言葉にしたら、とんでもない孤独感と焦燥感《しょうそう》がドッと溢《あふ》れ出してくる。

だが実際、千登世がここにいることを誰も知らないのだ。それに、永之丞と関係が拗《こじ》れている最中に、迎えに来てほしいなんて虫が良すぎる。

「自分で、どうにかしなきゃ」

千登世のコートのポケットには、いつぞや紫暢がくれたお守りが入っていた。

これがあれば、おそらく最悪の事態にはならないはず。そう自分に言い聞かせて、
千登世は腹を括《くく》って先の見えない一本道を進み始めた。


どれだけ歩いても、どこにも辿《たど》り着けない。

だが、暗闇に敷かれた白い砂利道は平坦に続いているわけではなく、緩やかではあ

るが時折アップダウンしている。

歩き始めてからどれくらいの時間が経っているのかは、分からなかった。途中でスマホを確認してみたが、電源が落ちていて入らなかったのだ。残念ながら今日は腕時計をつけていなかったが、あったとしても、恐らくそちらも止まるか狂うかしていたのではないかと思う。

「まさか、このまま一生……」

ここで彷徨《さまよ》い続けなければならないのか。

その可能性にゾッとする。

ただただ道を進むしか術《すべ》がない千登世は、ここで果てるしかないのだろうか。

「っ！」

恐怖に震えたその時、後方から何かが聞こえてきた。

「何……？」

子どもが戯《たわむ》れているような朗《ほが》らかな笑い声だ。普通のシチュエーションならば和《なご》んだだろうが、こんな異空間ではホラーでしかない。

「ひっ……」

身を竦《すく》ませた千登世の横を、ふわっと小さな影が二つ通り過ぎた。

「早くぅ」

「帰ろ、帰ろ」

狐面を着けた子どもだった。白い着物に、素足には下駄を履いている。二人とも手には提灯《ちょうちん》を持っていた。

「早く早く」

「年が明けちゃう」

転げるように笑い合いながら、子どもの姿はあっという間に道のずっと先の方へ消えていってしまった。

「あの子達は……」

そして千登世は、あることに気付く。

真っ暗闇の中、ただ自分の前にだけ白い道がぽかりと浮かんでいると思っていた。だが、よくよく見渡せば、暗闇のあちこちに同じような道がすうっと何本も延びている。

ただ、道と道の間にはそれなりに距離があるようで、こちらの道からどこか他の道へは移れそうになかった。

「私、だけじゃない……？」

幾本も延びる道の上には、時折ゆらゆらと明かりが揺れる。先ほどの子達が持っていた提灯《ちょうちん》と同じものだろうか。色んな姿をしたものが真白《ましろ》の道を行き、ふとした瞬間に掻き消える。

「え……」

どうなっているのだろう。自分の他にこの道を行く者は、一体どういう存在なのだろう。

不意に、他に害をなすあやかしもいるんやで、といういつぞやの永之丞の言葉を思い出す。

そう、あやかしは気安く馴染みやすいものばかりではないのだ。害意のある、仇《あだ》なす存在もいるのだと、そのことを忘れてはならない。

「おや、お嬢さん、明かりがないのかい？　連れて行ってあげようか」

だから少し離れた道から大きな身体をした誰かに声をかけられた時も、その誘いに乗ってはいけないと思った。

本当に親切心からの言葉かもしれない。でもそうでなかった時に、千登世には身を守る術《すべ》がない。

こういう場合、声を出して答えない方がいいのかもしれない。千登世は左右に頭を振って、それから一つ大きくお辞儀した。

「そうかい、そうかい、じゃあ気を付けて、明かりがなくては難儀なことよ」

そう言って、声をかけてくれた何者かの姿も、そのうちに見えなくなる。

「どうしよう……」

ただ、永之丞と話をしたかっただけなのに。謝りたかっただけなのに。

勇気を出して全てを素直に吐き出そうと、そう決意したのに。

「もう手遅れだって、そういうこと……？」

ずっと動かし続けていた足がのろのろとスピードを落とし、遂《つい》には止まってしまった。

だって、どこにも行けない。戻れもしない。

「………………」

道の真ん中で立ち尽くして、あぁ、馬鹿なことをしたなぁと千登世は後悔する。

これでは永之丞にごめんなさいも伝えられない。

寂しい。悲しい。こんなはずではなかったのに。

ただ、帰りたかっただけなのに。

「丞くんのところに、帰りたかっただけなのに……」

吐き出す息と一緒にほろりと本音が零れ落ちた、その時だった。

「────い」

またどこかから声が響く。

「おーい」

道を行くものは皆口々に言う。帰ろう、帰ろう、早く帰ろうと。

彼らはきっと、帰れるのだ。だから途中ですっと姿が消えるのだろう。けれど、千登世は帰れない。

「あぁ、羨《うらや》ましいなぁ」

帰りたいのは、千登世も一緒なのに。

「おーい」

千登世には、もう呼びかけてくれる人はいない。迎えになんて来てもらえない。

「……せちゃん、とせちゃん！　聞こえとる⁉」

「はっ⁉」

けれど何故か聞くはずのない声が耳に届いた。

幻聴ではないかと疑いながらも、千登世が反射的に今まで歩いてきた道を振り返れば――

「丞くん⁉」

道の向こうから、永之丞が駆けてきていた。その手には、皆が持っていたのと同じ提灯《ちょうちん》が揺れている。

「とせちゃん、とせちゃん！」

あっという間に千登世のすぐ傍までやってきたそのひとは、永之丞に間違いなかった。

「……本当に、丞くん？」

けれど自分に都合のいい幻覚では、と俄《にわ》かには信じがたくて、思わずそう訊《たず》ねてしまう。

「はは、別に誰かが化けてるんやないよ。正真正銘、とせちゃんの夫の永之丞やよ」

いつもと同じ柔らかい声。その声が言う。

正真正銘、千登世の夫だと。

「……まだ夫でいて、ええんやんな？」

言い切った後、けれど不安げにそう確認された。そんな風に思わせてしまったのが申し訳なくて、それと同時に、彼のことがとてもかけがえのないものに思えて。

「っ！」

千登世は言葉で告げる前に、ぎゅうっとその大きな身体に抱き着いていた。

「ごめんなぁ、とせちゃん。すっかり言うの忘れとって」

抱き着いたら、抱きしめ返された。拒《こば》まれていないのだと分かって、そのことに千登世は心底ホッとする。

「そのせいで怖い思いさせたなぁ」

それだけでなく、永之丞は胸元に埋まった千登世の頭をぐりぐり撫でてくれた。

「特別な明かりがないと、年末は帰られへんようになってて」

「……明かり？」

千登世が顔を上げると、彼は手に持っていた提灯《ちょうちん》を示す。

年末は少し勝手が違うのだと、永之丞は言った。

「こちらとあちら、普段は繋がらない遠い岸辺、山向こう。あらゆる場所が年末のあやかし達の帰省に合わせるように、特殊な裏道と繋がるんよ。そんで、この時期はその裏道がメインストリート扱いになるから、普段の道が簡単には分からんようになってて。あやかしでもこの時期に表道を見つけるんは、ちょっと苦労する」

「そうなんだ……」

タイミングが悪かったのだと、今更だが知る。

「裏道を迷わず抜けるためには、この時期用の特別な明かりが必要となる。それがないと、帰るべき場所へは決して辿《たど》り着かれへんようになってる。重要なことやったのに、話し損ねててごめん。急にこんな、真っ暗で果てのない道に放り出されて、心細かったやろ」

何事もなくて良かったわと言われ、本当にその通りだと千登世は息を吐いた。永之丞が来てくれなかったらと思うと、ゾッとする。

「入れ違いになってるって聞いて、ほんま慌ててん。多分とせちゃんも、隠《かく》り世《よ》に行ってるって思ったから」

〝入れ違いになってるって聞いて〟

誰から聞いたのか、想像がついた。きっと、永之丞も千登世の実家まで迎えに来てくれたのだろう。そこで家族から千登世が帰ったことを聞いて、大慌てで駆けつけてくれたのだ。

「とせちゃん」

抱き着いていた身体を引き剥《は》がされる。

でも、代わりに強く手を握られた。永之丞の手に、千登世の手はすっぽり隠れてしまう。

「とせちゃん、まずは進もうか」

歩き出した裏道は、千登世の目にはやはり終わりがあるようには見えない。けれど足先をゆらゆらと照らす柔らかな提灯《ちょうちん》の明かりと、しっかり繋いだ手が心強かった。

「裏道は狙ったところに出られるわけではないんよ。数えきれんほどの道筋が存在してて、そやからその中からとせちゃんのいる道を上手く見つけられてほんま幸運やった」

道中、永之丞が裏道など隠《かく》り世《よ》の事情を色々と話してくれた。千登世の柔らかい部分には触れないように、無理に話さなくてもいいようにしてくれているのが、千登世にはよく分かった。

「……丞くん、ごめんね」

己の足元をじっと見つめながら、千登世はようやく心の奥にしまっていた言葉を取り出す。

「私の問題に巻き込んで、嫌な思いをさせたし、酷いこと言った」

握った手に思わずきゅっと力が入る。躊躇《ためら》いながら、けれどもそれを乗り越えて、少しずつ千登世は隠していた心を零していった。

その昔、何気なく兄から放たれた〝どんくさい〟という言葉に、想像以上に傷付いたこと。自分の中に、思った以上に兄へのコンプレックスがあったこと。

永之丞に〝どんくさい〟と言われ、そこに馬鹿にするような空気はなかったと分かっていても、心がざわつくのを抑え切れなかったこと。

永之丞を家族に会わせたくなかったのも、実家に帰れば、兄と比べて見劣りする自分を知られてしまうから。

永之丞にパッとしない過去の自分を知られるのが、どうしても嫌だった。

そういうことを、ぽつりぽつりと話した。上手く伝わっているかは分からないけれど、気持ちを伝えようとすることに意味があるのだと思いたかった。

「でも別に、お兄ちゃんのこと嫌いじゃない。差別されたとか見下されたとかもないし、普通に、好きなの。でも、たまに、ほんとに時々、自分のふがいなさをお兄ちゃんと比べて、自滅しちゃうの」

ごめんね、と千登世は謝罪を重ねる。

「丞くん、びっくりしたよね。まさかあんな些細《ささい》な一言で、こんなことになるなんて思わなかったよね」

千登世は、ずっと俯《うつむ》けていた顔を上げた。真っ直ぐ道の先を見つめながら、口にする。

「本当に他人から見たら、すごくしょうもないことだよね。そんな小さなことでって。でも私、今回のことで、少し扱い方が分かったから、もう同じ間違いはしないと……」

「とせちゃん、あかん」

けれど、永之丞はそこに待ったをかけた。

繋いでいた手を解いて大きな手が千登世の口をそっと塞ぐ。

「……？」

「とせちゃん、あかんよ。自分で自分の傷を侮《あなど》ったりしたらあかん。誤魔化して、軽んじたりしたらあかん」

向けられたのは、心から千登世を心配する眼差し。

「しょうもない、些細《ささい》なこと、こんなことでってとせちゃんは言うけど、それはほんまに正しい受け止め方なん？　だって痛いんやろ？　他人からどう見えたとしても、それはとせちゃんにとって大事なんやろ？」

自分で自分を粗雑に扱えば、気が付いた時には認識と現実が取り返しのつかないほど乖離《かいり》してしまうことになる、自力で心の安寧《あんねい》を取り戻せなくなる、と永之丞は説《と》く。

「それやったら、とせちゃんがその心で感じてることが一番大切やんか」

「………………」

取るに足らないことだと、もうずっと思っていた。そうに違いないと思っていた。自分は小さなところでもうずっと躓《つまず》いていると。

でも、永之丞に自分の心を大切にすることを教えられる。自分の心を大切にしてくれる人がいることもまた、千登世の胸を温かくした。

「俺もごめん」

永之丞は、千登世にそう謝ってきた。

「どんくさいって言われて嬉しい人はおらんよな。悪気がなくても無神経やった」

「……私だって、悪気なく無神経なことは沢山言ってると思う」

「まぁ、繊細な部分って人それぞれやから、一緒に生活しててなんもやらかさんってのは、至難の業《わざ》やと思うけど……」

手を繋ぎ直して、再び歩き出す。ゆらゆら、小さいけれど確かな明かりが、二人の行く先をほんのりと照らす。

「そやからこそ、何かあったら言ってほしい。それがしょうもないことかどうかなんて、二の次やん？　まず大切なんは共有することやん」

「――そうだね」

隣の道で、同じように明かりが揺らぐ。母子と思《おぼ》しき一見人間と変わらない姿のあやかしがいたり、また別の道には大きな大蛇が提灯《ちょうちん》を口に咥《くわ》えながら這《は》っていたり。

それぞれが帰るべき場所へ、帰りたい場所へと真っ直ぐに進んでいく。

「そういえば、とせちゃん、マフラーは？」

言われて初めて気が付いた。

「あぁ、結構バタバタ実家を飛び出してきたから、忘れたみたい」

家を出る時、気が急《せ》いていてコートしか掴んでこなかった。

この年の瀬、裏道だって暖かくはない。首筋が無防備なことを意識すると、一気に肌が冷気に敏感になってしまった。

「それやと寒いやん」

風邪でも引いたら大変だと、永之丞はえいやと己の尻尾《しっぽ》を千登世に首にくるりと巻いてくれた。大きな尻尾《しっぽ》だからこそできる技である。

「わっ、ふわもこぉ」

極上のふわふわでもこもこ、保温性もばっちりである。

「ふふっ、あったかい」

心の強張《こわば》りはもう解けていた。自然と笑みが浮かんで、千登世は幸福そのままに永之丞の尻尾《しっぽ》に顔を埋《うず》める。

「……私」

「うん？」

そしてしみじみと呟いた。

「丞くんと結婚して良かったなぁ」

「……今の、尻尾《しっぽ》に対して言ったんやないよな？　俺本体にやんね？」

もふりながらのセリフが故《ゆえ》に、永之丞に不安を与えてしまったらしい。だが千登世はただにこにこと微笑むだけで、そうだとも違うとも言わなかった。

千登世はもふもふの尻尾《しっぽ》付きの旦那様と結婚した。尻尾《しっぽ》と永之丞はいつだって二つで一つだ。でも、どちらが本体かは言うまでもない。

「あぁ、とせちゃん、そろそろやで」

そうして二人の進む白砂利の道に、ようやく果てが見えてくる。

「千登世ちゃ――――ん！」

不思議な道を抜けた先にあったのは、見覚えのある隠《かく》り世《よ》の街並みだった。目の前に現れた立派な生垣に囲まれた純和風の邸宅は、狸塚家に違いない。

「千登世ちゃん、千登世ちゃん、いらっしゃい！」

ただいま、お邪魔しますと声をかけるより先に、玄関先で待ち構えていた藤次郎に飛びつかれた。

「おっと」

突然の衝撃に思わずよろめくが、そんな千登世の背中を永之丞が支えてくれる。

「あのね、おいしいもの、いっぱいあるん。中、入ろう？　早く早く」

引っ張られながら顔を出した居間には尻尾《しっぽ》――ではなく、狸塚家の面々がぎゅうっと大集合していた。

「あらぁ、千登世ちゃんいらっしゃい」

「おっ、千登世ねぇ来た！　なんや兄貴、寂しい年越しにならんくて良かったやん。ウチの居間で兄貴の身体を菌床《きんしょう》に、キノコの収穫でもできるかと思うてたけど」

「大黒、兄の身体を菌床《きんしょう》にとか怖い想像せんといて……」

朗《ほが》らかで温かい空気に満たされた部屋。

「あの、このたびはご迷惑を……」

永之丞が何をどこまで話したかは分からなかったが、二人の仲がぎくしゃくして別々に帰省するという形になってしまったことは知られているはず。

申し訳なくて千登世は頭を下げたけれど、下げ切る前にまた別の声が重なる。

「何言うてんの、ええんよ、ええんよ、私らそんなん気にしてへんし、根掘り葉掘りもせぇへんよ。新婚夫婦の、犬も食べへん類《たぐ》いの話やないの？」

紫暢が徳利《とっくり》片手になんでもないことだと笑い飛ばすように言って、それよりこっちと二人を座卓の方へ招いた。

「ちゃあんと二人の分、残してるんよ。せっかくのご馳走なんやから、たらふく食べてって」

「あのねぇ、カニさんが美味《おい》しかったよ！　お鍋もいいけど、お刺身もちゅるちゅるであまくて好き！」

どんどん目の前に並べられるお皿。気まずさを感じる暇もないくらい次々と声をかけられ、料理が増え、お酒を注《つ》がれる。聞いていた通り、狸塚家の大晦日《おおみそか》はご馳走三《ざん》昧《まい》だ。

「とせちゃん」

隣に座った永之丞が、ゆったりとした口調で言った。

「明日はとせちゃんが忘れたマフラー、取りに行かなあかんね」

新年の挨拶《あいさつ》をしに行こうか、と言われている。

「そういえば、さっき入れ違いでとせちゃん家行った時、お兄さんが出てきはって」

「うん」

「正直、〝オレの妹を泣かせて……！〟って言われるの覚悟しててんけど」

「いやいや、お兄ちゃん、そんなこと言わないでしょ」

「うん、実際言われへんかった。でも、代わりに」

　永之丞が自分の着物の袂《たもと》に手を突っ込む。なんだろうと千登世が思っていると、なんとそこから酒瓶が出てきた。

「えっ⁉」

　普通、袂《たもと》にこんな大きな瓶は入らないはずだ。それに、取り出す直前までそこは何のふくらみもなくぺしゃんこだったのに。

「これ、良かったら皆さんとどうぞって、もろうてしまって」

　永之丞の袂《たもと》は異次元にでも繋がっているのだろうか。なんて便利な収納空間、と思わず酒瓶より袂《たもと》にばかり目がいってしまう。

「……とせちゃん？」

「え？　あ、いや、えっと、お酒、お酒ね！　いや、お兄ちゃん、ブレないな……丞くんとずっと飲みたがってたし。今日もずっと呑んでたんだよ、頭の中、お酒と肴《さかな》に占拠されてるなぁ」

「いやいや」

澄んだ液体を湛《たた》えた、水色の瓶。ラベルを見るが、千登世は初めて見る銘柄のものだった。永之丞は酒瓶を座卓に置きながら続ける。

「それでそん時に、とせちゃんの話、ゆっくり聞いてやってほしいって言われて」

「……お兄ちゃんが」

詳しいことは聞いてこなかったが、兄は兄で千登世のことを心配してくれているのだ。

「色々あるんは分かるけど、お義兄《にい》さんが、とせちゃんのこと大切に思ってるんも、また事実やんね」

「……そうだね」

ふと、ぼーん、ぼーんと低い音がじんわりと空気を震わせた。あぁ、除夜の鐘だと気付く。

「鐘の音、結構近いやろ?」

永之丞が言うには、すぐそこにお寺があるのだそうだ。住職はこれまたたぬきのあやかしらしい。

一定の間隔で晦日《みそか》の夜に響くその音色は、一つ一つ余計なものを溶かしていってしまうような感じがした。

「後でお参り行こ。キネマも、また年が明けたら改めて」

「うん、楽しみにしてます」

流れてしまった約束を、今一度結び直す。

永之丞はにこっと相好《そうごう》を崩して、それから机の上を示した。

「ほな、ごはんにしよっか。とせちゃん、何がいい？　エビ？　カニ？　魚介は大黒が仕入れてきたもんで、でもお肉の方がええやろか。向こうに牛しゃぶもあるんよ」

「ふふっ、聞いてた通り、本当にすごいご馳走」

「年が明ける頃には、いつも皆お腹パンパンになるんよ」

机の上にはところ狭しと皿が載っている。盆と正月がいっぺんに来たと言わんばかり。永之丞の言う通り、新鮮なお刺身、お鍋、お肉、揚げ物、艶《つや》やかなごはんに酒のつまみに適したあれこれ。果物や和菓子なんかも充実している。

「黒にぃ、見て見て！　しがらき！」

賑《にぎ》やかな声が上がった方を見ると、藤次郎が変化《へんげ》の術を披露《ひろう》していた。いつぞやのたぬきの置物だ。今回は尻尾《しっぽ》もちゃんと陶器製に見えた。短い間で藤次郎がめきめきと成長していることを教えられる。

「おっ、藤次郎やるなぁ、ほんならこれはどうや？」

藤次郎の変化《へんげ》に応えたのは、大黒だった。その姿が次の瞬間には大迫力の虎になる。

「うわ、すごい……」

幻術とは思えない、過程を見ていないと本物と思ってしまうほどのリアルさに千登世は息を呑む。

「大黒もやるやないの。ほんならこれはどう？」

が、ここに更に紫暢が加わり、次の瞬間長い廊下を埋め尽くすように巨大な龍が現れた。藤次郎以外の変化《へんげ》を初めて見た千登世は、たぬき達の化かし合いのすごさに口をあんぐり開けて眺める他ない。

「派手にやるなぁ」

「お父さんも久々にお披露目《ひろめ》したらどう？」

「そやなぁ、まぁ久々にええかもな」

子ども達の盛り上がりように、まったりしていた小菊と重一郎も刺激を受けたらしい。これに反応したのは九重だった。

「え、ほんまに？　父さんの化けるのなんて、いつぶりに見るやろ」

「九重、お父さんの化けるの見るの好きよねぇ」

「父さんのは、再現度が違うから」

和気藹々《わきあいあい》とした空気に満ちた、年の瀬の狸塚家。

まだまだ新米夫婦だし、知らないことは多いけれど、千登世は自分の夫が永之丞で良かったと思うし、彼の家族のことも大好きだ。自分が永之丞に救われたり、安堵したり、満たされたりするのと同じように、自分も相手にとってそういう存在でいられたらいいのに、と思う。

「とせちゃん」

ふと呼びかけられて見上げた永之丞の顔を見て、けれど千登世は気付いた。

あぁ、心配しなくてもきっともう、自分も彼にとってそういう存在になれているのだと教えてくれる表情を、永之丞はしていた。

「今年も一年、ありがとうございました」

「こちらこそ。来年もよろしくね」

お互い、頭を下げ合う。

続いていく次の年を、二人は一緒に歩んでいく。

千登世の夫はあやかしである。キュートなけもみみと魅惑のふわもこ尻尾《しっぽ》を持った、たぬきのあやかしである。

二人の間には種族の違いはもちろん、まだまだ知らないことや、摺り合わせていかなければならないことが沢山ある。

けれど。

これでなかなか上手くやっている、仲良し新婚夫婦なのである。

死神飯に首ったけ！
「しにがみめしにくびったけ！」
腹ペコ女子は過保護な死神と同居中
神原オホカミ
Kanbara Ohkami
死ぬまで世話焼いたるし、幸せにしたるから
覚悟しいや！

伯父の借金を背負わされ、突然どん底まで追い詰められたOLの朱夏《しゅか》。成す術もなく、気づけば人生も崖っぷち――そんな彼女を助けてくれたのは、金髪強面の死神だった！「あんたが死ぬと、俺たちの仕事が猛烈に増えて面倒くさいんや！」そんな台詞とともに始まった、死神〈辰《しん》〉との同居生活は、朱夏に当たり前の生きる幸せを思い出させてくれて……。飯テロ級の絶品ご飯と神様のくれたご縁が繋ぐ、過保護な死神×腹ペコ女子のトキメキ全開満腹ラブ！

◉定価：726円（10%税込）　◉ISBN:978-4-434-32478-9　◉Illustration：新井テル子

ひねくれ絵師の居候はじめました
もののけ達の居るところ
1～2
神原オホカミ
Ohkami Kanbara
ふたりきり、だけどにぎやかで温かい同居生活。
仕事がうまく行かず、
幻聴に悩まされていた瑠璃は
ひょんなことから、人嫌いの「もののけ絵師」
龍玄の家で暮らすことになった。
しかし龍玄の家からは不思議な『声』がいつも聞こえる。
実はその『声』がもののけ達によるもので――？
楽しく日々を過ごしているもののけ達と、
ぶっきらぼうに見えるが
優しい龍玄にだんだん瑠璃の心は癒されていく。
そんなある日、もののけ達の
「引っ越し」を瑠璃は頼まれて……
神原オホカミ
もののけ達の居るところ 2

この作品に対する皆様のご意見・ご感想をお待ちしております。

おハガキ・お手紙は以下の宛先にお送りください。

【宛先】

〒150-6008 東京都渋谷区恵比寿 4-20-3 恵比寿ｶﾞｰﾃﾞﾝﾌﾟﾚｲｽﾀﾜｰ 8F
（株）アルファポリス　書籍感想係

メールフォームでのご意見・ご感想は右のＱＲコードから、
あるいは以下のワードで検索をかけてください。

アルファポリス　書籍の感想　検索

ご感想はこちらから

アルファポリス文庫

隠《かく》り世《よ》あやかし結婚事情《けっこんじじょう》 ～私《わたし》の夫《おっと》は魅惑《みわく》のたぬたぬ～

瀬戸呼春（せと こはる）

2023年 9月 25日初版発行

編　集－本山由美・森 順子
編集長－倉持真理
発行者－梶本雄介
発行所－株式会社アルファポリス
〒150-6008 東京都渋谷区恵比寿4-20-3 恵比寿ｶﾞｰﾃﾞﾝﾌﾟﾚｲｽﾀﾜｰ8F
TEL 03-6277-1601（営業） 03-6277-1602（編集）
URL https://www.alphapolis.co.jp/
発売元－株式会社星雲社（共同出版社・流通責任出版社）
〒112-0005 東京都文京区水道1-3-30
TEL 03-3868-3275
装丁イラスト－早瀬ジュン
装丁デザイン－AFTERGLOW
印刷－中央精版印刷株式会社

価格はカバーに表示されてあります。

落丁乱丁の場合はアルファポリスまでご連絡ください。

送料は小社負担でお取り替えします。


ISBN978-4-434-32627-1 C0193